JN319524

二見文庫

新人家庭教師 お母さんが教えてあげる

葉月奏太

目次

新人家庭教師　お母さんが教えてあげる

第一章　初めての授業で

1

（ううっ、緊張する）

飯塚裕太《いいづかゆうた》は駅の改札を抜けると、大きく息を吐きだした。

駅前のロータリーには、午後の柔らかな日差しが降り注いでいる。四月も半ばになり、すっかり春らしい陽気になっていた。

ここは東京西部にある小さな街だ。友人が住んでいたので、以前に何度か訪れたことがあった。

時刻は午後三時半になったところだ。

学校帰りの学生が書店に立ち寄り、主婦らしき女性が自転車の籠に買い物袋を載せて走っている。バス停に並ぶ列の横を、スーツ姿のビジネスマンが携帯電話で話しながら足早に通り過ぎていく。

小さな街だが活気があった。目に映るものは同じはずなのに、学生時代とはすべてが違って見えた。

(よし、行くか)

気合いを入れて歩きはじめる。訪問先までの道順は、会社のパソコンで確認してきたので頭に入っていた。

二十二歳の裕太は、この春『家庭教師のウイニング』に入社したばかりの新人家庭教師だ。

二週間の研修期間を経て、今日からいよいよ独り立ちだった。緊張で頬の筋肉がこわばっている。フレッシュな濃紺のスーツに包まれた体はガチガチで、ロボットのようにぎこちない歩き方になっていた。

桜の花びらが舞い散る並木道に差しかかった。

前方から母親に手を引かれた小学生の女の子が歩いてくる。桜を見あげて楽しそうにスキップしているが、今の裕太に花を愛《め》でる余裕はなかった。

桜並木を抜けてしばらく進み、通りから小径に入っていくと閑静な住宅街に差しかかる。出発前に確認してきた地図を思い浮かべて二度ほど角を曲がり、目的の家に辿り着いた。

白壁に赤い屋根のこぢんまりとした一戸建てだ。門の横にある表札には、確かに「篠田《しのだ》」と書かれていた。

似た家が並んでいるので、おそらく建売住宅だろう。都内に家を買うなど、新入社員の裕太には夢のような話だった。

白い門が閉じられており、インターフォンは玄関脇の壁にある。腕時計を確認すると、時刻は三時五十分になろうとしていた。四時からの約束なので、ちょうどいい頃合いだった。

門を開けて玄関の前まで歩を進めると、一度小さく息を吐きだしてからインターフォンのボタンを押した。ピンポーンと鳴った後、一瞬の静寂が訪れる。この間で再び緊張感が高まった。

『はい』

スピーカーから女性の柔らかい声が聞こえてきた。

「あっ、わ、わたくしぃ！」

極度にあがっていたため、いきなり声が甲高く裏返ってしまう。慌てて咳払いをして喉の調子を整えた。

「し、失礼しました。わ、わたくし、家庭教師のウイニングから派遣されてきました、飯塚裕太と申します」

『ふふっ、少々お待ちください』

頼りない家庭教師が来たと思われたのではないか。研修中、先輩家庭教師に言われた言葉を思い出した。

――新人だということは黙っておくこと。

新人だからといって授業料が安くなるわけではない。同じだけ払うのなら、教え方の上手いベテラン家庭教師が望まれるのは当然だった。

第一印象としては失敗だったかもしれない。ましてや相手は正式契約したお客さまではなく、短期のお試しコースだ。つまり、実際の授業を体験してみて、今後もつづけるかどうか決めるというわけだ。

新人には少々荷が重いが、誰もが通る道だった。お試しコースを担当した教師が、そのまま通常コースを受け持つのが通例だ。口コミで指名してもらえるベテラン教師ならともかく、新人教師はお試しコースでがんばらなければ担当が持てなかった。

（なんとか挽回しないと）

意気込むほどに、ますます硬くなってしまう。裕太は頬をひきつらせて、蠟人形のように直立不動の姿勢を取っていた。

やがて玄関ドアが開き、甘いシャンプーの香りがふわっと鼻先を掠《かす》めた。

（おっ……）

瞬間的に緊張が解けて夢見心地になる。無意識のうちに大きく息を吸いこんだ直後、やさしげな眼差しの女性が顔を覗かせた。

「わざわざお越しいただきまして、ありがとうございます」

「あ……」

あまりにも眩《まぶ》しくて、一瞬、言葉を失ってしまった。

申し込み書に目を通してきたので家族構成はわかっている。彼女は生徒の母親の篠田真由美《まゆみ》、三十歳の専業主婦だった。

クリーム色のセーターに、膝が隠れる丈の焦げ茶のスカートを穿いている。ダークブラウンのふんわりした髪が肩を撫でており、Vネックの襟もとからは細い鎖骨がチラリと見えた。

ついつい視線が、鎖骨からセーターの胸の膨らみに吸い寄せられてしまう。毛糸が伸びてしまうほど乳房が大きく、スカートの尻もむっちりしている。人妻らしい淑やかさのなかに、隠しきれない色香が見え隠れしていた。

（ど、どこを見てるんだ）

いったん目をギュッと閉じると、胸のうちで自分を戒《いさ》めた。

普段は初対面の女性をじろじろ見たりしないのに、なぜか今日に限って気になった。極限まで追いつめられて、心が逃げ場を求めているのだろうか。人妻だと思うと、なおのこと艶めいて映った。

「あら……」

真由美がじっと見つめてきた。

もしかしたら、邪《よこしま》な気持ちに気づかれたのだろうか。思わず固まると、彼女はすっと手を伸ばしてきた。

「ほら、これ」

ほっそりした指で、薄ピンクの花びらを摘んでいる。おそらく、桜並木を通ったときについたのだろう。

「し、失礼しました」

「いいえ、どういたしまして。ふふふっ」

やさしげに目を細めた真由美に、またしても見惚れてしまう。慌てて小さく首を振ると、気持ちをぐっと引き締めた。

「は、初めまして、飯塚裕太です」

内ポケットから名刺を出して、あらためて挨拶する。すると、彼女も丁寧に頭をさげてくれた。

「飯塚先生ですね。こちらこそ、息子をどうかよろしくお願いします」

いきなり、「先生」と呼ばれてドキリとする。耳まで熱くなり、鏡を見るまでもなく赤くなっているのがわかった。

「どうぞ、おあがりください」

「はい、お邪魔いたします」

玄関に足を踏み入れると、木のいい香りがした。

新築の匂いだ。フローリングの床や白い壁紙も鮮やかで、しかも掃除が行き届いている。家族の幸せが感じられる新しい家だった。

革靴を脱いであがり、用意されていたスリッパに履き替えた。

心臓はバクバク音を立てているが、緊張が伝わると先方を不安にさせてしまう。正式に契約してもらうためには、安心感を与えなければならない。裕太は今さらながら、懸命に平静を装った。

「子供部屋は二階です。うちの子、やんちゃなところがあるから心配だわ」

真由美はにこやかに話しながら、先に立って階段を昇りはじめた。

（うおっ！）

後ろをついていこうとした裕太は、思わず出かかった声をギリギリのところで呑みこんだ。

先を行く真由美のヒップがアップで眼前に迫っていた。タイトスカートの布地が張り詰めて、双臀の丸みがはっきり浮かびあがっている。階段を昇るたび、プリプリと左右に揺れていた。

慌てて視線を逸らすが、今度は彼女の脚が視界に飛びこんできた。

（わわっ！）

スカートの裾から、ナチュラルカラーのストッキングに包まれた脚が覗いている。下から見あげる格好なので、むっちりした太腿がきわどいところまで確認できた。

しかも、ふくらはぎはスラリとして、足首はキュッと締まっている。太腿の肉づきといい、足首の細さといい、人妻にしておくのがもったいないほどの美脚だった。

足首が締まっている女性は、アソコの締まりも抜群だと聞いたことがある。それが本当なら、真由美はかなりの締まり具合だろう。もしかしたら、名器と呼ばれる部類かもしれない。

あれこれ勝手な想像を巡らせるが、そもそも童貞の裕太には「締まる」という感覚が今ひとつわからなかった。

「ここが子供部屋です」

階段を昇りきったすぐのところが子供部屋になっていた。

「光一《こういち》、入るわよ」

真由美がドア越しに声をかける。そして、返事を待たずにドアを開けた。

「あっ、勝手に開けないでよ！」

途端に大きな声が響き渡る。真由美の肩越しに部屋を覗くと、机に向かっていた少年が、膨れっ面で振り返っていた。

「家庭教師の先生がいらっしゃったのよ。言っておいたでしょ」

六畳ほどの部屋に、ベッドと勉強机と本棚が配置されている。ブルーの絨毯には、戦車やロボットなどの玩具が転がっており、机には漫画本が積みあげられていた。

事前に目を通した申し込み書を思い出す。

生徒は篠田光一、十一歳、小学校五年生。特別、学校の成績が悪いわけではないが、勉強する習慣が身についていないという。自主的に勉強するようになってもらいたい、というのが親からの希望だった。

成績をあげることだけが家庭教師の仕事ではない。自ら勉強に取り組む気持ちを育むことが重要だった。

「光一、片付けをしなさい。お勉強の時間よ」

真由美につづいて、裕太も部屋に入っていく。すると、光一はますます頬を膨らませた。

「もうっ、勝手に入ってこないでって」

やんちゃだと聞いていたが、かなり反抗的な態度だ。

(これは手こずりそうだぞ……)

通常コースの契約どころか、授業にならないのではないか。いきなり絶望的な気持ちになった。

「勝手にドアを開けたのはママが悪かったわ、ごめんね。だから先生の前ではちゃんとしてちょうだい」

真由美が譲ると、意外なことに光一は読みかけの漫画をあっさり閉じた。

（ん？　これは……）

ふて腐れているが、母親を困らせるつもりはないらしい。おそらく、ただ甘えているだけだろう。

裕太がいることで、なおさら反抗的な態度を取っているのではないか。母親に従うのが格好悪いと思っているのだ。男の子にはそういう時期がある。自分にも経験があるので、光一の気持ちがなんとなくわかった。

「こちら、家庭教師の飯塚先生よ」

紹介されて、裕太は机の横に進み出る。そして、できるだけにこやかに語りかけた。

「飯塚裕太です。よろしく」

「う、うん……」

光一はチラリとこちらを見やると、消え入りそうな声で「よろしく」と返してくる。思っていたとおり、本当は素直な性格のようだ。ちょっと生意気に振る舞っているだけで、グレているわけではなかった。

「じゃあ、さっそく勉強しようか」

明るく声をかけるが、光一は小さな肩をこわばらせていた。

（そりゃそうだよな……）

無理もない。いきなり知らない人が来て、勉強しようと言われても、そんな気になるはずがなかった。

「光一くん、そんなに緊張しなくても大丈夫だよ。じつはね、先生も今日が初めてなんだ……あっ！」

言ったそばからミスに気がついた。先輩に忠告されていたのに、つい自分から家庭教師初日だと明かしてしまった。

（失敗した……）

恐るおそる背後の真由美を振り返る。すると、さほど驚いた様子もなく、柔らかい笑みを浮かべていた。

「先生も初めてなの？」

光一の声で我に返る。視線を戻すと、探るような上目遣いで見あげていた。

「う、うん、そうなんだ」

もう開き直るしかない。格好つけたところで、教え方が急に上達するわけではなかった。

「新米先生だよ。だから、先生も勉強することがいっぱいあるんだ」

「へえ、先生なのに勉強するんだ。ヘンなの」

少しは興味を持ってくれたらしい。光一の顔に笑みが浮かんだ。

「先生も勉強するから、光一くんもいっしょに勉強しようか」

メチャクチャな理屈だが、今さら取り繕っても仕方がない。すると、光一は軽い調子で「うん」と頷き、引き出しから算数の教科書を取り出した。

「じゃあ、算数から教えて」

「お、おう……いいよ」

意外な積極性に驚かされる。裕太は慌てて応じると、用意されていた椅子に腰をおろした。

「では、先生、よろしくお願いしますね」

真由美は安心した様子で声をかけて、部屋からそっと出ていった。

2

光一と二人きりになり、裕太は小さく息を吐きだした。

最初はどうなることかと思ったが、とりあえず一回目の授業ができる。それだけで、ほっとしていた。

「先生が持ってきた問題集を解いてみようか」

まずは生徒の学力を摑まなければならない。裕太は持参したバッグから、算数の問題集を取り出した。

テキストの類は、各業者で独自の物を用意している。家庭教師はマンツーマンの指導なので、塾のように生徒数を増やせば収益が増えるわけではない。そこで独自のテキストを販売するわけだが、高額な教材を売りつけて利益を得ている悪徳家庭教師業者もあった。

しかし、家庭教師のウイニングでは必要最低限の教材しか勧めてない。教育熱心な親は、あれやこれや買おうとするが、きちんと説明して余計なものまで買わせないのが会社の方針だった。

正直でいいと思う一方、そんなやり方で大丈夫なのか心配していた。しかも、大手の家庭教師チェーンがテレビCMをばんばん流してるのに、家庭教師のウイニングはときおり新聞に折り込みチラシを出す程度だった。

ところが、口コミでじわじわ生徒が増えているという。

新人の裕太にはわからないことだらけだが、健全な経営方針が功を奏しているのかもしれなかった。

「うーん、どうやるんだっけ？」

光一は問題集を開いて唸っている。立方体の体積を計算する問題とにらめっこして、頭を悩ませていた。

（俺も、しっかりやらないと……）

こんな小さな子供だってがんばっているのだ。二十二歳の自分がへこたれている場合ではない。なにしろ、この就職難にようやく決まった仕事だ。そう簡単に投げだすわけにはいかなかった。

就職活動は困難を極めた。名前を出すのも気後れする三流大学在籍で、資格もなければコネもない。サッカーサークルに所属していた以外は、自己ＰＲできるものがなにもなかった。

友人たちが内定を勝ち取っていくなか、裕太は採用試験に落ちつづけた。ついには三十連敗を記録し、就職浪人も覚悟するしかない状況だった。

完全に自信喪失していたとき、たまたま求人情報誌で見つけた『家庭教師のウイニング』にダメもとで応募した。家庭教師に教員免許は必要ない。とはいえ、学歴が重要だと思ったので、まったく期待していなかった。

それなのに、どういうわけか家庭教師派遣会社に就職できた。

自分でも不思議だったが、ようやく摑んだ内定だ。他はどこも受からなかったので、家庭教師としてがんばるしかない。先輩が付きっきりの二週間の研修を終えて、ついに今日、独り立ちの日を迎えたのだ。

「先生、できた」

光一が元気に声をかけてきた。

「どれどれ」

問題集を覗きこむと、えんぴつで答えが書きこまれている。立方体の体積は見事に正解していた。

「おっ、すごいじゃないか」

すかさず頭を撫でて褒めてやる。すると、光一はくすぐったそうに肩をすくめて、満面の笑みを浮かべた。

(よし、いい感じだぞ)

家庭教師の仕事で一番重要なのは、生徒に自信をつけさせることだと研修で教わった。

どんなにできなくても、決して頭ごなしに叱ってはならない。根気よく教えて、繰り返し問題を解かせる。正解すればしっかり褒めて、勉強する喜びを植え付ける。それを繰り返すことで、自ら机に向かうようになっていく――。

「じゃあ、次の問題も解いてみようか」

「わっ、むずかしいよ」

「直方体でも考え方は立方体といっしょだよ」

まずは自分で考えさせる。間違ってもすぐに解き方を教えず、ヒントを与えて再び問題に向かわせた。

「よろしいですか？」

三十分ほど経った頃だった。遠慮がちにドアがノックされて、真由美の声が聞こえてきた。

「はい、どうぞ」

六十分授業なので、まだ時間は残っている。なにか用事だろうかと思って見やると、トレーを手にして部屋に入ってきた。

「少し休憩にしませんか」

息子のことが気になって様子を見にきたのだろう。裕太の隣に来ると、紅茶とアップルパイを机に置いてくれた。

「先生、どうぞ」

まだ「先生」と呼ばれるのに慣れていない。しかも、相手は麗しい人妻だ。嬉しいやら恥ずかしいやらで、またしても顔が熱くなった。

「あ、ありがとうございます」

礼を言う裕太の横では、早くも光一がアップルパイに齧《かじ》りついていた。遠慮するのもおかしいので、裕太もフォークを手にして口に運んだ。

「うん、美味しいです」

お世辞ではなく、自然に声が出るほど美味だった。

りんごの甘みと酸味、そして風味付けのシナモンのバランスが絶妙だ。これまで食べたなかで、間違いなく一番のアップルパイだった。

「うまいでしょ、これママが作ったんだよ」

光一が自慢気に教えてくれた。

「えっ、これ手作りなんですか？」

「お恥ずかしいですけど……」

「いえいえ、チョーうまいですよ！　あっ、し、失礼しました。すごく美味しいです」

つい興奮してしまい、慌てて背筋を伸ばして訂正する。あまりの美味しさに我を忘れてしまった。

「てっきり、どこか有名店のアップルパイかと思いました」

あらためて率直な感想を告げると、真由美の顔が見るみる紅潮していく。それこそ、りんごのように頰が真っ赤になった。

「まあ、お上手ですね」

「お世辞じゃなくて、これならほんとにお店が出せますよ」

「いやだわ、先生ったら」

真由美が照れ笑いを浮かべながら軽く肩を叩いてきた。その瞬間、胸の鼓動が高鳴った。彼女に他意はないだろう。ところが、裕太は人妻に触れられたことで猛烈に意識していた。

「あっ、ママ、顔が赤くなってる」

光一が無邪気に指摘すると、真由美は両手で自分の頰を覆い隠し、腰をくねくねとよじった。

「もう、からかわないで」

恥じらう様子が妙に艶《なま》めかしくて、なにを言えばいいのかわからなくなる。とりあえず、乾いた笑い声で誤魔化した。

「は……ははっ」

「どんなお勉強をしてるのかしら？」

真由美も話題を変えたかったのだろう。机の上にひろげたままの問題集を覗きこんできた。

「……ん？」

そのとき、左肩になにかが触れた。ふわりと柔らかくて、ひどく儚《はかな》げな感触だった。

（なっ……！）

なにげなく見やった瞬間、思わず両目をカッと見開いた。

なんと真由美の乳房が押し当てられている。クリーム色のセーターのこんもりとした膨らみが、ジャケットの左肩に触れており、包みこむように覆いかぶさっていた。

（こ、これは……）

額にじんわり汗が滲んだ。

こういうハプニングは、まったく想定していなかった。スーツ越しでも、乳房の柔らかさがしっかり伝わってくる。童貞の裕太にとっては、これだけでも強すぎる刺激だった。

大学時代はサッカーサークルに所属していたので、女性と接する機会がなかったわけではない。ところが、生来の奥手な性格が災いして恋人を作れなかった。入学時に掲げた「童貞を卒業してから大学を卒業する」という目標を達成できなかったのが、大学生活唯一にして最大の心残りだった。

(どういうつもりなんだ?)

彼女は意識してやっているのだろうか。真意を確かめようと、勇気を振り絞って横目でちらりと見やった。

「算数ですね」

真由美は息子の勉強を気にするあまり、他のことに意識が向いていない。乳房が触れていることに気づかず、熱心に問題集を覗きこんでいた。

(や、やっぱり、まずいよな)

このままというわけにはいかない。指摘したほうがいいだろうか。いや、さりげなく体を離すべきかもしれない。でも、もう少しだけ、この未知の感触を味わっていたかった。

意識を左肩に集中させる。彼女が身じろぎするたび、柔肉がプニュッと形を変えるのがわかった。

（おおっ、すごい、すごいぞ）

無意識のうちに鼻の穴がひろがっていた。

なんという幸運だろう。天に感謝すると同時に、ジャケットを脱いでおくべきだったと後悔する。ワイシャツ越しなら、さらにリアルな感触を体験することができたはずだ。惜しいことをしたと思うが、とにかく今は乳房の柔らかさに全神経を集中させたかった。

「わからないことがあったら先生に質問するのよ」

真由美のふんわりした髪が、裕太の耳や首筋を撫でている。くすぐったさにゾクリとして、スラックスの内腿をそっと擦り合わせた。

鼻腔に流れこんでくる甘いシャンプーの香りも刺激になり、ボクサーブリーフのなかの男根がついに目を覚ましてしまう。芯を通すのがわかり、急速にむくむく膨らみはじめた。

（ヤ、ヤバっ）

慌てて陰茎を内腿で挟みこむ。勃起していることは、絶対にバレるわけにはいかない。もし気づかれたら、正式契約どころか、会社にクレームを入れられてしまうだろう。

（それはまずいぞ）

場合によっては、会社をクビになるのではないか。やっとのことで就職できたのだ。解雇されたら、もう正社員の働き口を見つける自信はなかった。

ところが、すでにペニスは立派に成長していた。

なんとか内腿の間に挟みこんでいるが、少しでも脚を開けば勢いよく跳ねあがるのは間違いない。見つかれば職を失いかねない、非常に危険な状況だった。

（鎮まれ……鎮まってくれ）

心のなかで懸命に念じる。すると、願いが天に通じたのか、真由美がすっと身体を離した。

乳房の感触がなくなったことで、ほんの少しほっとする。あとは精神力でわがままなジュニアを黙らせるしかなかった。

「先生、うちの子、いかがですか？」

なにも気づいていないのか、真由美がごく普通に声をかけてくる。

「光一くんの場合――」

気を取り直して隣を見やった瞬間、またしても両目を見開いた。

前屈みになった真由美のセーターの襟もとから、なんと乳房の谷間が覗いていたのだ。Vネックのため、かなり奥まで見通せてしまう。白い柔肌が魅惑的な渓谷を形成しており、純白のブラジャーのレースまで確認できた。

(くおおっ!)

机の上に置いていた両手を強く握った。

ほっとしたのも束の間、またしてもピンチが訪れた。乳房の谷間を目にしたことで、陰茎はさらに硬度を増している。腹の底で唸りながら、懸命に内腿で押さえつけた。

「先生、なにか問題でも?」

途端に真由美の表情が曇った。息子のことで、裕太が苦悩していると勘違いしているらしい。

「ううっ、い、いえ……」

完全に誤解されている。ところが、勃起を隠すのに必死で、まともな受け答えができなかった。

「うちの子、そんなにできないんですか?」

真由美がさらに前屈みになり、顔を覗きこんでくる。結果として、甘い吐息が鼻先を掠めて、襟ぐりから見える乳房もアップになった。

（くっ……も、もうダメだっ）

絶体絶命の状況だ。すでにペニスの先端からはカウパー汁が溢れており、太腿で押さえつけるのも困難なほど硬化していた。

「む、息子さんは……も、問題ありません」

「でも、先生？」

「先生、お腹が痛いの？」

アップルパイを食べ終えた光一が、心配そうに尋ねてきた。子供の目には、具合が悪そうに映ったのだろう。

「だ、大丈夫だよ」

裕太はとっさに首を横に振ったが、直後に後悔した。腹痛と言っておけば、上手くこの場を切り抜けられたかもしれないのに……。

「我慢しちゃダメだよ」

「……え？」

「トイレは格好悪いことじゃないんだよ」

どうやら、裕太が我慢していると思ったらしい。最初は反抗的だった光一が、やさしい声で進言してくれた。

「ごめんなさい、気づかないで。どうぞ、おトイレはこちらです」

真由美が慌てた様子で謝罪する。彼女も裕太が腹痛で苦しんでいると思いこんでいた。

これは天の助けかもしれない。トイレに案内してくれると言うので、裕太は勃起を隠すため、極端な前屈みになってついていった。

3

初めての授業を終えると、早々に篠田家を後にした。

夕食をごいっしょにいかがですかと誘われたが、腹痛を理由にして丁重に断った。大失敗をしておきながら、食卓を囲む勇気はなかった。

「はぁ……」

思わず溜め息が漏れてしまう。

電車に揺られながら、すっかり日が暮れた車窓の景色を見るともなしに眺めていた。胸のうちにあるのは、羞恥と後悔、それに自己嫌悪……。ネガティブな感情ばかりだった。

トイレに逃げこんだことで、なんとか気持ちを落ち着かせることができた。光一が腹痛だと勘違いしてくれなかったら、危ないところだった。

(俺、つづけられるのかな?)

完全に自信喪失して、不安ばかりが大きく膨らんでいた。

電車を降りると、商店街をうつむき加減に歩いていく。時刻はまだ夕方六時前ということもあり、活気に満ちていた。それに当てられて、疎外感が大きくなってしまう。上手く授業できなかったことで、社会から弾かれた気分だった。

商店街を抜けて人影がまばらになってくると、五階建ての雑居ビルが見えてくる。グレーの壁には蜘蛛の巣状の亀裂が入り、見るからに築年数の経っている建物だった。

このビルの二階に、『家庭教師のウイニング・西東京校』が入っていた。

生徒が通ってくるわけではないので、駅から多少離れていても問題ない。経費を抑えることを第一に考えて、この雑居ビルが選ばれたと聞いている。他の階にはコピー機のリース会社や小さな商社が入っていた。

階段をとぼとぼ昇り、鉄製のドアの前でいったん立ち止まる。大きく深呼吸してから、ドアレバーに手をかけてなかに入った。

「ただいま戻りました」

おずおずと声をかけるが、事務所のなかはがらんとしていた。

スチール机を八つ合わせた島が二つあるが、そこに座っている者はひとりもいない。それもそのはず、家庭教師はみんな出払っている時間だ。六十分から九十分枠の授業を、いくつか掛け持ちしている者も少なくなかった。

家庭教師の一日のスケジュールは、通常の会社とは少々異なる。出社は午後二時で、まずは全体ミーティングを行う。その後、各々教材の準備や授業の予習をして、契約先の家庭を訪問する。帰社は八時から九時くらいで、その日の授業を報告書にまとめて退社という流れになっていた。

裕太がまかされているのは、お試しコース一件だけだ。まだ新人とはいえ、誰もいない事務所に戻ってくると、力不足を実感せざるを得なかった。

「おかえりなさい」

突然、声をかけられてはっとする。一番奥の窓際に置かれたデスクに、支店長の三咲亜矢子《みさきあやこ》が座っていた。

「あっ……お、お疲れさまです」

驚きながらも頭をさげる。デスクの島ばかり見ていて、彼女がいたことに気づかなかった。

亜矢子はダークグレーのスーツが似合う大人の女性だ。白いブラウスのボタンが弾け飛びそうなほど胸もとが盛りあがり、ジャケットの襟が左右に押しひろげられていた。

（やっぱり、でかいなぁ）

裕太の目は、自然と社内一の巨乳に引き寄せられる。ブラウスのボタンが突然千切れることを、なかば本気で願っていた。

亜矢子は三十六歳の既婚者だ。夫は大手ゼネコンの社員だと聞いている。子供はおらず仕事に情熱を傾けていた。一見クールだが熱いところもあり、部下から信頼される理想の上司だった。

「飯塚くん、ちょっと」

亜矢子は黒髪のロングヘアを掻きあげると、切れ長の瞳で見つめてくる。こちらに来なさいと目で促していた。

「は、はい」

まさか真由美からクレームが入ったのだろうか。裕太は嫌な予感を覚えながら、支店長のデスクに歩み寄った。

じつは、亜矢子のことを密かに想っていた。とはいっても、アタックするつもりなど毛頭ない。彼女は既婚者だし、自分など相手にされるはずがないと思っていた。

そもそも、彼女とまともに話もできないのだ。見つめられるだけで、胸の鼓動が速くなってしまう。仕事に厳しい上司だが、ときおり見せるやさしさに惹かれていた。

「デビュー戦の授業だったけど、上手くできた?」

さばさばした口調で亜矢子が尋ねてくる。

どうやら、クレームが入ったわけではなさそうだ。上司として、新人の裕太を気にかけているだけだろう。

「そ、それが……」

さらりと流せばよかったのに、つい言葉に詰まってしまう。

勃起したのは事実だが、真由美と光一にバレたわけではない。裕太が黙っていれば、発覚しない程度の失敗だ。馬鹿正直に答える必要はないが、調子よく振る舞うのは苦手だった。

「最初から上手くできる人はいないわ」

亜矢子が静かに語りかけてくる。追及されたらどうしようかと思ったが、とりあえず大丈夫そうで内心ほっとした。

「失敗から学んでいくこともたくさんあるの。大切なのは、同じミスを繰り返さないことよ」

思わず涙腺が緩みそうになる。落ちこんでいた裕太の心に、彼女の言葉は大きく響いた。

「でも、生徒の前では新人もベテランもないわ。あなたは、もう先生なのよ」

「せ、先生……」

責任感がずしりとのしかかる。確かに、会社では新人ということで大目に見てもらえるが、生徒や保護者の前ではそうはいかない。先生と呼ばれる以上は、しっかりやらなければならなかった。

「もう飯塚くんもわかってると思うけど、この業界はなかなか厳しいの」

少子化の影響で、家庭教師のマーケットは確実に縮小している。大手の家庭教師派遣会社に勝つためには、生徒だけではなく、いかに親とコミュニケーションを取るかが重要だった。

だからこそ、お試しコースの申し込みがあった場合は、なんとしても次の契約に結びつけなければならなかった。

「これから、ますます生徒の取り合いが激化するわ」

亜矢子が静かに語りつづける。裕太はむずかしい顔を作って頷《うなず》きながらも、視界の隅に彼女の胸もとを捉えていた。

(こんなときに、なに考えてるんだ)

自分を戒めるが、どうしても気持ちは乳房に向いてしまう。

ブラウスの上からでもいいので触れてみたかった。あの大きな膨らみを、思いきり揉みしだきたい。心ゆくまで頬擦りしてみたい。もし谷間に顔を埋めることができたら、悦びのあまり射精してしまうのではないか。

(ああ、亜矢子さん)

クールで美しくて脂の乗りきった亜矢子は、まさに裕太の理想の女性だった。

「うちみたいな零細は、サービスが勝負よ」

亜矢子が力説する。大手の家庭教師派遣会社に対抗していくには、すべての質の向上が不可欠だと言う。

「あの、例えば、サービスってどういう……？」

思いきって尋ねてみる。お試しコースの篠田家に、通常コースの契約を結んでもらいたい。でも、どうすればいいのかわからなかった。

「それはケースバイケースよ。まあ、そのうちわかるわ」

自分で考えろということだろうか。亜矢子は明確な指示までは与えてくれなかった。

「お疲れさまです」

背後でドアが開く音がして、女性の声が聞こえてきた。

振り返ると、先輩家庭教師の広瀬詩織《ひろせしおり》が帰ってきたところだった。

今日の詩織は濃紺のスーツを纏《まと》っている。タイトスカートは膝より少し上の丈で、ストッキングに包まれた太腿がチラリと覗いていた。ブラウスの胸もとは程良い感じに膨らんでおり、斜めがけされたバッグの紐が、乳房の谷間に食いこんでいた。

セミロングの黒髪がわずかに乱れている。詩織はおぼつかない足取りで自分のデスクに進むと、くずおれるように椅子に腰かけた。

「詩織さん……」

なにかあったのだろうか。心配になるほど疲弊して見えた。

童顔で愛らしい顔立ちをしているが、詩織は二つ年上の二十四歳。なにを隠そう、彼女こそ研修期間中に裕太を指導してくれた先輩だった。

今年、西東京校に配属された新人社員は裕太だけだ。昨年はこの支店に新人の配属がなかったため、詩織にとっては裕太が唯一の後輩ということになる。年が近いこともあり、もっとも話しやすい先輩だった。

「詩織ちゃん、お疲れさま」

亜矢子が労《ねぎら》いの言葉をかけると、詩織は微かに笑みを浮かべて頭をさげる。もう口を開く気力もないようだ。

「よく見ておきなさい。家庭教師も体力勝負よ。全力で取り組めば、誰でもああなるの」

上司の言葉に裕太は無言で頷いた。

あそこまでふらふらになるとは正直驚きだった。詩織は心やさしく、柔らかい雰囲気の女性だ。そんな彼女が、ろくに挨拶もできない状態になっていた。

(本気でやると、あんなに疲れるものなんだな)

家庭教師という仕事の過酷さ、奥深さを垣間見た気がした。

その一方で、なにか腑に落ちない部分もある。研修期間中に現場研修をしたときとは、まるで様子が違っていた。マンツーマンで生徒を指導するときは、気合いの入れ方が違うのかもしれなかった。

「コーヒーでも淹《い》れてあげなさい」

亜矢子がやさしげな微笑を浮かべた。こういう気遣いをさりげなくできるところが、上に立つ者の器なのだろう。裕太は感動さえ覚えながら、事務所の隅にセッティングされているコーヒーサーバーに向かった。

研修期間中、いっしょにコーヒーを飲む機会が多かったので、詩織の好みは把握している。砂糖とミルクを両方増量すると、紙コップを手にして彼女のもとに運んだ。

「詩織さん、お疲れさまです」

遠慮がちに話しかけると、うな垂れていた詩織がゆっくり顔をあげた。

「あ……裕太くん」

虚ろな瞳で見つめてくる。頰が心なしか火照っており、なにやら牡の劣情を搔きたてる表情になっていた。

「あ、あの……これ」

湯気が立ちのぼる紙コップを差しだすと、彼女は微かな笑みを浮かべて両手を伸ばしてくる。そして、裕太の手もいっしょに包みこんだ。

「ありがとう、やさしいのね」

「あ……い、いえ」

先輩の柔らかいの手の感触にどぎまぎしてしまう。それでも、彼女はこちらの動揺など気にする様子もなく、裕太の手を巻きこんだままカップを自分の口もとに引き寄せた。

「いい香り……ンっ」

薄桃色の唇をカップの縁につけると、琥珀色の液体をひと口飲んだ。

「甘くておいしい。わたしの好みを覚えててくれたのね」

「は、はい……」

裕太が掠れた声で答えると、詩織は嬉しそうに目を細めた。甘いコーヒーを飲んだことで、瞳にいくらか生気が戻っていた。

「そんなに見つめて、どうしたの？」

「手……手を」

「手？　あっ、ごめんね。なんだか、ボーッとしちゃって」

たった今、気づいたように言うと、詩織はカップから手を離して肩をすくめる。

ようやく解放されて、裕太は紙コップをデスクの上にそっと置いた。

「今日はずいぶんお疲れみたいですね」

「うん、久しぶりだったから……」

詩織はぽつりとつぶやき、なぜか頬を赤らめる。タイトスカートから覗く太腿をキュッと閉じて、微かに腰をよじらせた。

（な、なんだ？）

意味深な仕草にドキリとする。

年上だけれど可愛らしい女性だと思っていたが、今日はなぜだかやけに色っぽい。そのとき、男根が微かに蠢《うごめ》いた。慌てて視線を逸らし、気持ちを静めようと小さく息を吐きだした。

（ふぅっ……危なかった）

対応が一歩遅れていたら、会社でも勃起するところだった。

ところで、彼女は「久しぶり」と言ったが、どういう意味だろう。

研修中の裕太がいっしょだったとはいえ、授業はずっと行っていた。ひとりでの授業は久しぶりということかもしれない。いずれにせよ、全力での授業は体力を使うのだろう。

「俺もがんばります」

ちょっとの失敗で落ちこんでいる場合ではなかった。

「うん、その意気よ」

詩織が小さく拳を握り、「ガンバッ」とエールを送ってくれる。なんだか照れ臭くなり、裕太はそそくさと自分のデスクに戻った。

（そうか、亜矢子さんはきっと……）

事務所の奥を見やると、亜矢子は真剣な表情でパソコンに向かっていた。

おそらく、詩織からなにかを学ばせようと、コーヒーを淹れるように指示したのだろう。裕太が落ちこんでいることも見抜いていたのではないか。彼女の千里眼には感服するばかりだった。

授業の報告書を作成していると、先輩家庭教師たちが次々と戻ってきた。みんな一様に疲れた顔をしている。女性だけではなく男性陣も、見るからに疲弊していた。

（なんだか、体をめいっぱい使ってきたって感じだな……）

亜矢子はサービスが大切だと言っていた。ベテラン教師ほど気配りができるので、かえって疲れるのかもしれなかった。

4

翌日、裕太は再び篠田家を訪れた。

「飯塚先生、今日もよろしくお願いします」

微笑を湛えた真由美は、相変わらず眩《まぶ》しかった。

この日の彼女は、白地に小花を散らした春らしいワンピースに淡いピンクのカーディガンを羽織っていた。ダークブラウンの髪から漂う甘いシャンプーの香りを嗅いだだけで、目眩《めまい》を起こしそうになった。

(うっ……た、耐えるんだ)

とっさに奥歯を食い縛り、両足で地面をしっかり踏みこんだ。

「こちらこそ、よろしくお願いいたします」

男根がムズムズしたが、なんとか気持ちを落ち着かせて、丁重に頭をさげることに成功した。

とりあえず第一関門突破だ。思い返せば、昨日はインターフォンを押した時点でペースを乱されていた。裕太は流されないように、「俺は家庭教師だ」と心のなかで何度も唱えた。

「では、どうぞ」

「失礼いたします」

スリッパに履き替えて二階の子供部屋に案内してもらう。階段を昇るとき、またしても目の前で揺れるヒップが視界に飛びこんできた。

（うほっ！）

つい見つめてしまうが、下腹に力をこめて耐えきった。不意打ちだとさすがに厳しいが、今日は心構えができているので我慢できた。

それに今日は丸腰で来たわけではない。

亜矢子から「同じミスを繰り返さないこと」と言われたので、アパートに帰ってから、しっかり対策を練ったのだ。

学生時代、サッカーサークルに所属していたため、サッカー用のスパッツを何枚か持っていた。パンツの代わりに直穿きすることで、太腿の筋肉を引き締めるとともにスライディング時の怪我を防止する役目がある。ペニスがブラブラしないように固定する意味もあった。

このスパッツを、ボクサーブリーフの上に重ね穿きすることを思いついた。多少ゴワゴワするが、万が一勃起したときにバレにくくなるはずだ。なにしろスポーツ用のスパッツなので、ホールド感が抜群だった。

（これなら大丈夫）

そう思えることが、なにより重要だ。不安が解消されたことで、心に余裕が生まれる。余計な心配をしなくてすむので、本来の仕事に集中できるのだ。

「光一、先生がいらしたわよ」

真由美が子供部屋のドアをノックすると、なかから「はーい」と元気な声が返ってきた。

「先生、こんにちは！」

お試しコースの二日目だが、光一はすっかり慣れてくれたらしい。にこやかに挨拶してくれたのが嬉しかった。

「こんにちは。ようし、今日もいっしょに勉強しようか」

裕太も自然と笑みがこぼれた。

いい感じだった。昨日と同じように光一と並んで机に向かう。今日は国語の問題集を解かせて、その後、いっしょに答え合わせをした。

途中、真由美が紅茶とクッキーを持って来てくれたが、このときも無事にやり過ごすことができた。

今日はあらかじめジャケットを脱いでおいたが、昨日のように密着する機会はなかった。勃起対策を施してきたのにと思うと、少々残念な気持ちになる。しかし、家庭教師らしく振る舞うことができたのは自信になった。

六十分の授業を滞りなく終えて、光一といっしょに一階に降りた。

「授業、終わりました」

リビングのドア越しに声をかける。すると、エプロンをつけた真由美が顔を覗かせた。

「あら、先生、夕ご飯を食べていってください」

「お……」

予想外の姿を目にして、一瞬動揺してしまう。胸まで覆うタイプのエプロンによって家庭的な雰囲気が増幅されており、なおかつ乳房の膨らみも強調されていた。

（こ、これは……）

完全な不意打ちで、横から頭をハンマーで殴られた気分だ。人妻とエプロンの組み合わせが、これほどの破壊力を生むとは知らなかった。

「先生、今日はお腹痛くないんでしょ？」

光一が無邪気に尋ねてきた。昨日は勃起を誤魔化すため、腹痛に襲われた振りをして逃げ帰ったのだ。

「遠慮なさらないでください」

「で、でも……」

家庭教師が夕飯を勧められることは珍しくない。こういうときは素直にご馳走になるべきだと詩織に教わっている。とはいえ、夫が不在の家に残っていいものか迷ってしまう。

「ただいま」

そのとき、玄関のほうから、くたびれた感じの声が聞こえた。

「あっ、パパだ！」

いち早く光一が反応して玄関に走った。

「パパぁっ、おかえりなさい」

「おう、ただいま」

まだ革靴も脱いでいないグレーのスーツ姿の男性は、光一を抱きとめると高く持ちあげた。

「おかえりなさい、お疲れさま」

真由美もすぐに出迎える。清らかな横顔には、聖母マリアを思わせる柔らかい笑みが浮かんでいた。

その瞬間、裕太の胸が微かに痛んだ。

スーツ姿の男性は、夫の光太郎《こうたろう》に間違いない。精悍な顔立ちをしており、いかにも仕事ができそうだ。申し込み書には、確か三十五歳で営業職とだけ記載されていた。

「ちょうど、家庭教師の先生がいらしてたの」

「家庭教師？」

抑えてはいるが、怪訝《けげん》そうな声だった。髪を七三にきっちり分けており、肌は日に焼けている。なにより、目力の強さが特徴的だった。

「相談したでしょう、光一のこと」

「ああ……そうだったな」

光太郎は革靴を脱ぎながら、興味なさそうに答えた。

子供の教育のことは、妻にまかせっきりなのかもしれない。よくある話だが、見ていてあまり気持ちのいいものではなかった。

「どうも、こんばんは。息子がお世話になってます」

押しの強い感じの男だった。裕太は気圧されながらもペコリと頭をさげた。

「い、いえ、こちらこそ」

「ご飯を食べていってください。準備はできてるんだろ？」

光太郎が横柄な感じで声をかけると、真由美は伏し目がちに「はい」と返事をする。これでは妻ではなく家政婦のようではないか。なんだか、真由美が少し可哀相な気がした。

「先に着替えてきます。失礼」

勝手に話を進めると、光太郎は奥に向かってしまった。

「ごめんなさいね。ちょっと強引なところがあるけど、悪い人じゃないの」

夫を庇《かば》うような言葉が、なおのこと裕太を不快にさせた。

真由美のように淑やかな女性には、もっと相応《ふさわ》しい男がいるのではないか。そんな気がしてならなかった。

リビングに通された裕太は、硬い表情で三人掛けのソファに座っていた。

隣には光一が、そのさらに隣には光太郎が腰かけている。正面にはやけに大きなテレビがあり、野球中継が映し出されていた。

光一は野球が好きらしく、食い入るように画面を見つめている。裕太はサッカー派なので、ここに座っているのが苦痛でならなかった。

真由美はキッチンで夕飯の支度をしていた。四人掛けの食卓があり、その向こうが対面キッチンになっている。包丁でまな板を叩くトントンという音が、小気味よく響いていた。

ワイシャツのポケットに入っている携帯電話が震えはじめた。液晶画面を確認すると、「支店長」と表示されていた。

「どうぞ、出てください」

光太郎が気を使って声をかけてくれる。裕太は「すみません」と断ってから通話ボタンをプッシュした。

「はい、飯塚です」

『三咲よ。遅いからどうしたのかと思って』

「えっと……篠田さんの家です」

声が聞こえているので、引き留められているとは言えなかった。

『わかったわ。直帰になってもいいから、しっかりサービスしてきなさい』

瞬時に状況を悟ってくれたらしい。さすがは支店長だ。亜矢子は必要最低限のことだけ言うと、早々に電話を切った。

「無理やり引き留めたみたいで、すみません」

ふいに光太郎が話しかけてくる。スウェットに着替えてひと息ついたことで、先ほどとは打って変わった穏やかな表情になっていた。

「いえ、そんな……」

「家庭教師も少子化で大変なんでしょうね。じつは、わたし、家電メーカーに勤務しているんです」

光太郎は大手家電メーカーで営業を担当しており、最近は安価な海外製品に押されて苦戦を強いられているという。

「ノルマがありましてね。これがなかなか……」

目の前にある大画面の液晶テレビは、仕方なく自分で買ったものらしい。営業という仕事の厳しさを教えられた気がした。

「ノルマですか……大変なんですね」

「いや、それは言い訳ですね。ほんと申し訳ない。わたしがこの調子ですから、家内にも迷惑をかけてますよ」

仕事のストレスが大きいのだろう。こうして家でリラックスする時間が、明日への活力となるに違いなかった。

「でも、こんな立派な家があるなんて羨ましいです。奥さまは幸せですね」

「ええ、家内のために無理をしました。家を買って、まだ半年なんですよ。もっとがんばって仕事をしないと」

光太郎は疲れた顔に笑みを浮かべた。

いい生活をしている家庭には、それなりの苦労があるようだ。裕太も自分にできることをやらなければと強く思った。

「奥さまのお手伝いをさせてもらってもいいですか？」

「いやいや、先生は座っててください」

「こう見えても、学生時代はファミレスでバイトをしてたんです」

胸を張って言うが、ファミレスのバイトは一週間で辞めていた。不器用すぎて厨房が務まらなかったのだ。それでも、家庭教師としてサービスをしなければという気持ちが強かった。

光太郎は自身が営業マンなので、裕太の熱意をわかってくれたらしい。「では、お願いします」と手伝いを許可してくれた。

「なにかお手伝いさせてください」

キッチンに向かうと、カウンター越しに声をかける。すると、真由美は柔らかい笑みを見せてくれた。

「じゃあ、こちらに来ていただけますか」

まわりこんでキッチンに入り、真由美と肩を並べる。蛍光灯が煌々《こうこう》と灯っており、リビングよりも明るく感じた。手前にシンクがあり、その横が調理台、奥にはガス台が設置されていた。

「コロッケを作ってたんです。キャベツの千切りはできますか？」

真由美が至近距離から見つめてくる。エプロン姿の人妻と視線が重なるだけで、緊張感が高まった。

「お、おまかせください」

裕太は内心ドキドキしながら、ワイシャツを腕まくりした。とりあえずシンクで手を洗い、まな板の上に置かれたキャベツに向かう。どこから包丁を入れるか迷っていると、真由美がすっと身を寄せてきた。

「先生、大丈夫ですか？」

「おっ……」

エプロンの胸の膨らみが、裕太の右肘に触れている。ワイシャツを腕まくりして正解だった。剝きだしの肘に、乳房の柔らかさが伝わっていた。それにしても、やけに距離が近かった。

「あ、あの……」

「まずは半分に切るんですよ。はい、こうやって」

真由美は背中に密着してくると、まるでテニスのコーチのように、裕太の両手首を握ってきた。

「え……ちょ、ちょっと」

さすがに戸惑いを隠せない。ワイシャツの背中に、大きな双つの膨らみが触れているのだ。思わず対面キッチンの向こうを見やると、光太郎と光一がソファに腰かけて野球中継を観戦していた。

(これは、まずくないか?)

焦る裕太だが、真由美は握った手首を放さない。それどころか、そっと撫でまわして、さらに乳房を押しつけてきた。

「うお……」

思わず小さな声が漏れてしまう。テレビを見ている二人は気づかないが、額にじんわりと汗が滲んだ。

「よそ見してると危ないですよ」

「は、はい……」

強く拒絶するのも違う気がする。彼女が楽しそうにしているので、これもサービスの一環と考えるべきだろう。

「じゃあ、いきますよ」

手を動かされるまま、キャベツの千切りを開始した。

(おおっ、これは……)

そっと握られている手首と、乳房が触れている背中にばかり神経が向いてしまう。なにしろ、人妻が背後から抱きついているのだ。千切りのことなど、考えろと言うほうが無理な話だった。

「先生も手を動かしてください」

指摘されて、裕太も手を動かしはじめる。すると、彼女は手首をあっさり離してしまった。

一瞬がっかりするが、真由美は背中に密着したまま両手を裕太の下半身のほうに滑らせていく。ワイシャツの胸板から腹部へと移動して、腰のあたりをねちっこい手つきで撫でまわしてきた。

「な……」

漏れそうになった声を、ギリギリのところで呑みこんだ。

彼女の手つきは、もはや愛撫と言っても過言ではない。すぐ近くに夫と息子がいるというのに、なにを考えているのだろう。指先が太腿の付け根をなぞり、男根のすぐ近くを掠めていく。

「くっ……」

直接触れられたわけではないが、陰茎が芯を通しはじめてしまう。ボクサーブリーフとスパッツを二枚重ねした下で、ペニスが急速に頭をもたげていた。

「ううっ」

もうキャベツの千切りどころではない。包丁を握りしめて、どうすればいいのかわからないまま立ち尽くしていた。

「あとは、先生がやってくださいね。わたしは揚げものをしてますから」

思いきり期待感が高まったところで、急に真由美は身体を離してキッチンの奥に向かってしまった。

(な……なんだったんだ?)

すでに男根は硬直して、スラックスのなかでミシミシ軋《きし》んでいる。弄《もてあそ》ぶだけ弄ばれて、放置されたような気分だった。

もしかしたら、誘われているのだろうか。

横目でチラリと見やるが、真由美は澄ました顔でコロッケを揚げる準備を進めていた。淑やかな人妻にしか見えないから不思議だった。

「ママぁ、お腹空いたよぉ」

突然、光一が大きな声をあげた。

野球中継がCMに入り、空腹だったことを思い出したらしい。光太郎もいっしょに、ソファからこちらを見つめていた。

(やばかった……)

ほっと胸を撫でおろす。先ほどの現場を目撃されていたら、キャベツの千切りを習っていたという言い訳が通るとは思えなかった。

「あれ、ママは?」

「はーい、ここにいますよ。もう少し待っててね」

真由美がリビングに向かって声をかけた。

ガス台のあるキッチンの一番奥は壁に囲まれている。そこだけ対面カウンターではないので、ソファに座っている二人からは見えなかった。

再び野球中継がはじまり、光太郎と光一はテレビに視線を戻した。裕太は落ち着かない気持ちのまま、キャベツの千切りに取りかかった。

「ん？」

視界の隅に、おかしな動きをする真由美を捉えた。

なぜかガス台の前でしゃがみこみ、そのままこちらに移動してくる。リビングにいる夫と息子から姿を隠そうとしているらしい。そして、まな板に向かっている裕太の脚に擦り寄ってきた。

「なにを……」

首をかしげて声をかけると、すかさず彼女は唇の前に人差し指を立てる。「静かに」というサインだった。

まったく意図がわからないまま黙りこむ。すると、真由美はスラックスの太腿に顔を寄せて、なんと頬擦りをしてきた。さらには手のひらを股間に重ねて、硬直している陰茎をそっと包みこんだ。

「くうっ」

快感がひろがり、小さな呻き声が溢れだす。

服の上からとはいえ、これまで女性に触れられたことは一度もない。ペニスの先端から、じわっと我慢汁が滲み出す。気持ちいいのと恥ずかしいのとで、膝が小刻みに震えていた。

「うむっ」

声が漏れた直後だった。真由美が悪戯っぽい笑みを浮かべて、またしても人差し指を立てて「シッ」と囁いた。

そんなことを言われても、裕太にとっては未知の快感だった。先走り液がとまらず、愉悦はどこまでも膨らんでいく。許されるなら、すべてを投げだして快楽に溺れたかった。

声をこらえてリビングに視線を向ける。二人ともテレビを見ており、こちらの異変には気づいていない。とはいえ、非常に危険な状態だった。

（な、なにを？）

声は出せないので目で問いかける。こうしている間も、布地越しに撫でられているペニスは、ますます硬度を増していた。

「ふふっ」

真由美が脚もとから見あげてくる。唇の端に微かな笑みを浮かべた表情は、もはや淑やかな人妻ではなくなっていた。彼女のほっそりした指が、スラックスのファスナーにかかった。

（まさか……）

そう思ったときには、ジジジッと引きさげられていた。

前合わせが開かれて、彼女の指が潜りこんでくる。スパッツ越しに撫でられると、快感電流がひろがり全身がビクッと反応した。

「し、ず、か、に」

真由美が小声で囁いてくる。裕太にしか聞こえない声だが、リビングの夫と息子が気になった。

彼女はスパッツの重ね穿きに気づいたのか、首をかしげた。それでも、構うことなくスラックスのなかで、スパッツとボクサーブリーフをずらしていく。硬直した肉棒を探られて、ついに前合わせから露出させられた。

（わっ、ちょ、ちょっと！）

焦って腰をよじるが、真由美が太腿を強く押さえつけてくる。そして、「つづけて」と千切りをするように命じてきた。

簡単に言うが、勃起した男根を晒《さら》しているのだ。普段は皮を被っている亀頭もすっかり露出して、初々しい赤い肌が剝きだしになっている。しかも、大量のカウパー汁が溢れており、竿までぐっしょり濡れていた。早い話が極限の興奮状態だ。童貞の裕太にとって、これほど恥ずかしいことはなかった。

(どうしたら……)

困惑が大きくなるが、とにかく見つかるわけにはいかない。動揺を顔に出すことなく、キャベツの千切りに挑戦するしかなかった。

「まあ……大きい」

真由美のつぶやきが聞こえてきた。

脚もとを見やると、ひざまずいた彼女が潤んだ瞳でペニスを見あげている。反り返った肉柱の根元に両手を添えて、ごくりと生唾を呑みこんだ。

夫と息子がいることを忘れたわけではないだろう。だからこそ、彼女も声を潜めているのだ。期待と不安が交錯するなか、裕太は包丁を動かして、ぎこちない手つきでキャベツを切りはじめた。

「ううっ」

その直後、思わず低い声が漏れてしまう。股間が熱いものに包まれて、これまで体験したことのない快感がひろがった。

(なっ、こ、こんなことが!)

股間を見おろし、眼球が落ちそうなほど目を見開いた。

信じられないことに、真由美がペニスの先端を口に含んでいる。清らかなピンクの唇が、亀頭をすっぽり呑みこんでいた。カリ首を柔らかく挟み、熱い吐息が亀頭を撫でていた。

(フェ、フェラチオじゃないか!)

その単語を心のなかで思い浮かべただけで快感が爆発する。なにしろ、初めてのフェラチオだ。先走り液がどっと溢れて、膝がガクガク震えだした。

「先生、なにかおっしゃいました?」

リビングの光太郎が声をかけてくる。裕太の呻き声が聞こえたらしい。全身の毛穴から冷や汗が噴きだした。ここはなんとしても、全力で誤魔化さなければならなかった。

「い、いえ、なにも……」

懸命に作り笑いを浮かべると、光太郎はあっさり視線を野球中継に戻してくれた。とはいえ、安心できない。真由美は亀頭を咥えこんだままなのだ。

「ま、まずいですよ」

唇の動きだけで語りかける。ところが、真由美は上目遣いに見つめて、唇の端に微かな笑みを浮かべた。

「先生……はむンっ」

裕太と視線を絡ませたまま、さらに太幹を咥えこんでくる。唇がゆっくり滑るたび、得も言われぬ快感がひろがった。

（くうう、す、すごいっ）

麗《うるわ》しい人妻が咥えているという視覚的な情報も、性感を猛烈に刺激していた。

「あふっ……はンンっ」

勃起した欲棒が根元まで彼女の口内に収まった。柔らかい唇でキュッと締めつけられて、腰の揺れが大きくなる。陰嚢《いんのう》のなかでは精液が沸騰しており、出口を探して暴れていた。

「あふううっ」

彼女は鼻を鳴らして、口内の亀頭に舌を這わせてくる。カウパー汁が付着するのもかまわず、まるで飴玉をしゃぶるように舐めまわしてきた。

（そ、そんなことされたら……ううっ、気持ちいいっ）

凄まじい快感だった。わけがわからないままフェラチオされている。破滅と背中合わせの状況が、なおのこと神経を過敏にして、肉の愉悦を高めるのにひと役買っていた。

「で、出ちゃいます」

掠れた声で訴えるが、彼女はやめるどころか首を大きく振りはじめる。唇で太幹をしごき、亀頭を執拗に舐めしゃぶった。

「はむっ、出していいのよ、はふンっ」

「くうっ、くううっ」

もはや発射寸前まで追いつめられていた。カウパー汁を舐め取られて、ペニス全体が人妻の唾液に包まれている。全身に愉悦がひろがり、頭の芯まで痺れきっていた。もう射精すること以外、なにも考えられなかった。

「先生は、どこファンなの？」

突然、光一が尋ねてきた。野球中継がＣＭに入ったのだろう。無邪気な声がリビングに響き渡った。

「うっ、ううっ」

答える余裕などあるはずがない。人生初のフェラチオで、今まさに射精するというところまで昂っているのだ。

「なに？　聞こえないよ」

こちらの状況など考慮してくれるはずもなく、光一が繰り返し尋ねてくる。なにか言わなければと思うが、口を開くと呻き声が溢れてしまう。

「あふっ、むふっ、あふふンっ」

息子の声が聞こえているのかいないのか、真由美は首振りのスピードをアップさせて、頬をぼっこり窪ませるほどペニスを吸いあげた。

「ううウッ」

猛烈な射精感が膨れあがり、スリッパのなかでつま先がキュッと内側に丸まった。もうこれ以上は我慢できない。右手で包丁を、左手でキャベツを強く握りしめた。

「むむッ、おむぅぅぅぅッ！」

顔をうつむかせて、声を漏らすまいと必死に唇を引き結ぶ。それでも、喉の奥で低く呻きながら、ついに人妻の口内で男根を脈動させた。

（おうッ、で、出るっ、おうううッ！）

まさかの口内射精だ。大量のザーメンが噴きあがり、魂まで震えるほどの悦楽に包まれる。下腹部が波打ち、何度も何度も連続で爆発が起こった。

（き、気持ちいいっ、おおおおッ！）

胸底で叫び、無意識に股間を突きだしてしまう。喉の奥に亀頭が達するが、それでも真由美は男根を放すことなく精液をすべて飲み干した。

「ンくっ……ンくっ……」

股間で真由美が喉を鳴らして、ザーメンを嚥下している。ペニスは咥えたままで、さらなる射精を促すように尿道口を舌先でくすぐってきた。

「くっ……ううっ」

「先生？」

光一が不思議そうに声をかけてくる。光太郎も異変に気づき、こちらに視線を送ってきた。

（や、やばい……）

絶頂の余韻に浸る間もなく、顔から血の気が引いていくのを感じていた。

「や、野球は……あ、あんまり……」

まだ真由美の舌がペニスに絡みついており、まともにしゃべることはできなかった。おかしいと思われているに違いない。今さら、どうやっても誤魔化しようがなかった。

「どうしたの？」

光一はソファからおりると、こちらに向かってくる。一巻の終わりだと思ったとき、真由美がペニスを吐き出して奥のガス台に戻った。

「野球のお話は後にして、ご飯の準備をしなさい」

精液を飲んだ直後なのに、よく平気な顔でしゃべれるものだ。真由美は頬こそ赤らめているが、平然とした口調で息子に告げた。

「あれ、お魚みたいな匂いがする。イカかな？　でも、なんか違う」

ザーメン臭が漂っているのかもしれない。光一が首をかしげてつぶやいた。

「光一が大好きなコロッケよ」

不思議そうにしていた光一が、コロッケと聞いて目を輝かせる。そして、バンザイをしながら父親のところに戻っていった。

「やった！　コロッケだ、パパっ、コロッケだよ」

「おおっ、そうか、よかったな」

息子がはしゃぎだしたことで、光太郎も笑顔になる。この時点で、裕太のおかしな態度のことは、うやむやになっていた。

（危なかった……）

ほっと胸を撫でおろす。まさかコロッケに助けられるとは思わなかった。

「先生、キャベツの千切りできましたか？」

真由美がねっとり潤んだ瞳で見つめてくる。口調こそ普通だが、瞳の奥には欲情の炎が揺らめいていた。

5

真由美お手製のコロッケは実に美味だった。

挽肉がたっぷり入っており、じゃがいもは甘くてほくほくで、衣はカリッと揚がっていた。初めてのフェラチオを経験した直後で、食べることに集中できなかったのが残念だった。

緊張感が解けることはなかったが、美味しい料理のおかげで和やかな時間を過ごすことができた。

「ぼく、眠くなっちゃったよ」

光一が大きな欠伸《あくび》を漏らして、目を擦りはじめた。満腹になって眠気が襲ってきたらしい。

「よし、パパといっしょにお風呂に入るか」

光太郎が声をかけると、光一は嬉しそうに「うん」と頷いた。

「すみません、ちょっと息子を風呂に入れてきます」

「あ、はい、わたしもそろそろ失礼します」

ちょうどいい頃合いだと思って立ちあがろうとする。ところが、先に席を立った光太郎が両手を出して制してきた。

「いえいえ、もう少しゆっくりなさってください」

「先生、食後のコーヒーはいかがですか？」

すかさず真由美も立ちあがり、裕太の返事を待たずにキッチンに向かう。なんとなく、帰りづらい雰囲気になってしまった。

「では、ごゆっくり」

光太郎は丁寧に頭をさげると、光一を連れてリビングを後にした。

「すぐに淹れますから、ソファのほうで待っててくださいね」

「は、はい」

どうしても声が硬くなってしまう。とりあえず、言われるままソファへと移動した。

（まいったな……）

横目でチラリと対面キッチンを見やった。

カウンターの向こうで真由美がコーヒーを淹れていた。できれば、二人きりになりたくなかった。

ただでさえ麗しい人妻と話すのは緊張するのに、先ほどのフェラチオのことが頭にある。いったい、どういうつもりであんなことをしたのだろう。尋ねるには今が絶好のチャンスだった。

「あ、あの……」

ようやく切り出したとき、真由美がトレーを手にしてやってきた。

ふたつのコーヒーカップをテーブルに置き、隣にすっと腰かけてくる。肩が微かに触れ合う距離だった。コーヒーのいい香りとともに、甘ったるいシャンプーの匂いが漂ってきた。

「お砂糖とミルクは?」

横顔に視線を感じて、ますます緊張感が高まっていく。目を合わせることができず、前を見たまま口を開いた。

「ブ、ブラックで……」

今は苦いコーヒーでシャキッとしたい。ペースを乱されないように、平静を保たねば――

「いただきます……熱っ」

コーヒーは思った以上に熱かったが、なんとか飲みくだした。

「大丈夫ですか？　気をつけてくださいね」

真由美がますますます身を寄せてくる。吐息が首筋にかかり、くすぐったさとともに妖しい感覚がひろがった。

「お、お風呂に入れてあげるなんて、いい旦那さんですね」

気まずい空気に耐えかねて口を開く。ところが、そのひと言がきっかけで、ますますおかしな雰囲気になってきた。

「確かにいい人なの、でも……」

真由美がさりげなく腕を絡めてくる。乳房が肘に当たっているのは、おそらく偶然ではないだろう。

「新築のお家を買ってくれて、不自由のない生活をさせてもらって、不満を言ったら罰が当たるかもしれないけど——」

そう前置きした上で、真由美はさらに身体を寄せてきた。太腿も密着して、肘は乳房の膨らみに食いこんでいる。先ほどペニスを咥えた唇が、首筋にチュッと押し当てられた。

「うっ……お、奥さん」

とっさに口をついて出たのは「奥さん」だった。自分の言葉で、人妻と二人きりだということを余計に意識してしまう。胸の鼓動が高まり、男根がズクリと疼いた。

「いい夫なの……でも、夜のほうが物足りなくて」

ここのところ仕事が忙しくて疲れているが、家族思いの夫だという。経済的にもまったく不満はない。愛されているとも感じるが、それでも夜の生活だけは物足りないらしい。

「よ、夜……ですか」

「だから、先生……慰めてください」

真由美が股間に手を這わせてくる。スラックスの上から、ペニスにそっと触れてきた。

「あンっ、もうこんなに……」

「ううっ」

すでに肉棒は芯を通して硬くなっている。先ほど欲望を放出したというのに、人妻に迫られただけで元気を取り戻していた。

「見てもいいですか？」

真由美は掠れた声で囁くと、ベルトをカチャカチャ外しはじめる。スラックスのホックも外して、ファスナーをおろしていった。

「ま、まずいですよ、旦那さんが……」

夫と息子が風呂に入っているのだ。もしこんな場面を見られてしまったら、修羅場になるのは間違いない。幸せな家庭は一瞬で崩壊し、裕太も職を失ってしまうだろう。

「心配ないわ、二人で入ると長風呂なの。一時間は出てこないわ。日曜日も接待で家にいないことが多いから、そのぶんお風呂で遊んでるのよ」

真由美は伏し目がちにつぶやいた。

もしかしたら、夫が息子を可愛がることが嬉しい反面、疎外感を覚えているのかもしれない。自分も相手をしてもらいたいが、夫が疲れているのがわかるので我慢しているのではないか。

「どうしてパンツの上にこれを穿いてるの？」

スラックスの下からスパッツが覗くと、真由美は不思議そうに尋ねてきた。

「そ、それは……奥さんに会うと、その……」

勃起を隠すためとは言えなかった。それでも彼女には伝わったらしく、くすぐったそうに肩をすくめた。

「ふふっ、真面目そうな顔して、エッチなんですね」

細い指でウエストゴムを摘むと、スパッツとボクサーブリーフをまとめておろしてしまう。その途端、すりこぎのように屹立《きつりつ》した肉柱が、ブオオンッと唸りをあげて飛び出した。

「わっ、す、すみません」

とっさに謝るが、彼女は気にする様子もなく膝に絡んでいる服をおろして抜き取った。

これで裕太は下半身だけ裸のなんとも間抜けな格好だ。ところが真由美はうっとりした瞳で、青筋を浮かべた竿に手を添えてくる。すでに先端は剝《む》けており、熟れたプラムのような亀頭が露出していた。

「ああンっ、すごい」

柔らかい手のひらが太幹をやさしく包み、ゆるゆるしごきはじめる。それだけで、鈴割れから透明な汁が溢れだした。

「ううっ、そ、そんな……」

「こんなに硬いなんて、素敵です」

囁く声が震えている。興奮しているのだろう、目の下が見るみる紅潮してくるのがわかった。

「や、やっぱり、まずいですよ」

光太郎と光一のことが気にかかる。だが、彼女は男根から手を離そうとしなかった。

「さっき出したばっかりなのに……若いってすごいのね」

真由美の息遣いが乱れてくる。ペニスに触れたことで、欲情しているのは明らかだった。

「お、奥さん……」

「先生、わたしにも触ってください」

手を握られて、ワンピースの裾へと導かれる。太腿に手のひらを重ねることになり、滑らかな肌の感触にドキリとした。

「うおっ、スベスベだ」

思わず声に出してしまう。初めて触れた女性の肌は、まるで陶磁器のように滑らかでありながら、餅のような弾力に満ちていた。

「もっと触って……」

手首を掴まれて、さらに奥まで誘導される。ワンピースがずりあがり、白い太腿が露出した。自分で触らせておきながら、恥じらうように内腿を擦り合わせているのが妙にそそった。

(おっ、こ、これは……)

指先に触れた布地はパンティに間違いない。人妻の股間に迫っていると思うだけで気分が盛りあがる。気づいたときには、太腿の付け根に食いこむパンティの縁をなぞっていた。

「はンンっ」

真由美が唇を半開きにして吐息を漏らし、男根をキュッと握ってくる。たまらない刺激に背中を押されて、指先を内腿の間に潜りこませた。

「あっ、ダメです」

口では抗いながらも、脚を少し開いてくれる。その結果、裕太の中指はパンティの船底に到達した。ワンピースの裾もずりあがり、股間に張りつくピンクの小さなパンティが露わになった。

(おおっ、なんて熱いんだ!)

一気にテンションがあがっていく。薄い布地一枚を隔てて、人妻の大切な部分に触れているのだ。しかも、そこはしっとり湿っており、軽く押すだけでクチュッという湿った音が響き渡った。

「ああンっ、先生ぇ」

真由美の唇から、淑やかな人妻とは思えない甘ったるい声が溢れ出す。腰をくなくな揺すり、物欲しげな瞳で見つめてきた。

「どうせなら、直接……」

童貞の裕太には少々ハードルが高かった。風呂に入っている二人のことも気にかかる。それでも、男根をしごかれると断れない。快感に呻きながら、パンティのウエストに指をかけると彼女は尻を浮かせてくれた。

「うおっ！」

思いきってパンティを引きおろした直後、頭のなかが熱くなった。めくれたワンピースの裾から股間が見えたのだ。人妻のデルタ地帯に、漆黒の縮れ毛が密生している。初めて生で目にする女性の秘毛だった。

「どうしたんですか、そんなに目を丸くして」

真由美がどこか嬉しそうにつぶやいた。そして、彼女は自分でパンティをおろしてつま先から抜き取った。

「お、俺、じつは……」

「大丈夫ですよ、先生」

語りかけてくる声はあくまでも穏やかだ。これまでの裕太の反応から、童貞と見抜いていたのかもしれない。真由美はやさしげに目を細めると、立ちあがってワンピースを脱ぎ去った。

これで彼女が身に着けているのは、ピンクのブラジャーだけになる。両手を背中にまわしてホックを外すと、カップが上方に弾け飛び、双つの乳房が勢いよくまろび出た。

「おおっ！」

思わず大きな声をあげてしまう。

彼女が身じろぎするたび、たわわな柔肉が波打った。魅惑的な曲線を描く乳房の頂点では、桜色の乳首が鎮座している。触れてもいないのに尖り勃《た》ち、乳輪まででぷっくり隆起していた。

「す、すごい……」

瞬きするのを忘れて、眼球が乾いてしまった。

人妻が目の前で裸になっている。しかも、眩いばかりの見事なプロポーションだ。大きな乳房にくびれた腰、尻にはむっちり脂が乗っている。裕太のペニスはますます硬くなり、尿道口からは気の早い汁が次から次へと溢れていた。

「いかがですか?」

「き……綺麗です」

本当はいやらしいと思ったが、口には出せなかった。すると、彼女は小さく肩をすくめて微笑んだ。

「先生っていい人ですね」

真由美は再び隣に座ると、裸体をソファに横たえた。

こちらをまっすぐ見つめたまま、片脚をゆっくり持ちあげて、背もたれの上にそっと乗せる。大きく股を開いた格好で、股間が丸見えになっていた。照明が煌々と照らすなか、濃い紅色の陰唇が露わになった。

「こ、これが、女の人の……」

生々しい女の割れ目がひろがっている。手を伸ばせば届く距離で、人妻が自ら身体を開いているのだ。しかも、夫と息子が同じ屋根の下で風呂に入っているというのに、惜しげもなく肌を晒していた。

「お、俺……俺、もう……」

腹の底から熱いものがこみあげてくる。かつてこれほどの興奮を味わったことはなかった。

「来てください、先生」

真由美が両手をひろげて見つめてくる。切なげな瞳で誘われて、もう自分を抑えることはできなかった。

「奥さんっ、うおおおっ！」

ついに童貞卒業のチャンスが訪れたのだ。唸りながら女体に覆いかぶさり、乳房を揉みしだいた。

「や、柔らかい、なんて柔らかいんだっ」

まるで羽毛に指を沈めているようだ。かつてこれほど柔らかいものに触れたことはない。何時間でも揉んでいられるような至福の感触だった。

「あンっ……はあンっ」

真由美が甘い声を漏らすから、ついつい力が入ってしまう。先端で揺れる乳首を摘みあげれば、突然、女体が弓なりに反り返った。

「はうンンッ！　そ、そこっ」

驚くべき反応だ。それならばと、双つの乳首をクニクニ転がしてみる。すると彼女は大股開きのまま、腰を艶めかしくくねらせた。

「もう意地悪しないで……お願い、挿れて」

人妻の唇から語られた直接的な言葉が、裕太の気持ちに火をつける。頭にカッと血を昇らせて、しゃにむに股間をぶつけていった。

「ぬおおおッ！」

「あンっ、慌てないで」

勢いだけでは挿入できない。真由美が手を股間に伸ばし、亀頭を膣口に導いてくれた。

「ここよ、ゆっくり来て」

「うっ……ううっ」

軽く腰を押しつけただけで、先端が熱い泥濘に沈みこむ。ニチュッと蜜音が響き、ペニスが女壺に吸いこまれていった。

「おううッ！　は、入った、入ったんだっ」

ついに女体と合体した。今この瞬間、裕太は大人の仲間入りをしたのだ。悦びがこみあげて、すぐさま快感の波が押し寄せてきた。

「ああっ、いいわ、もっと来て」

真由美が両手を尻にまわしてくる。尻たぶを撫でまわしたかと思うと、ゆっくり引き寄せた。

「おおっ、おおおっ」

硬直した陰茎が、蜜壺のなかに埋まっていく。内側に溜まっていた華蜜が溢れだし、二人の股間をぐっしょり濡らしていった。

「はああっ、大きいっ」

「き、気持ち……くううッ」

まだ挿入しただけだというのに、凄まじい愉悦が全身にひろがっている。少しでも動かせば、あっという間に射精しそうだった。

「せ、先生、お願いです」

真由美が潤んだ瞳で訴えてくる。裕太は奥歯を強く食い縛り、本能のままに腰を振りはじめた。

「ううッ、うううッ」

緩急のつけ方などわかるはずもない。とにかく、膨れあがる欲望にまかせて男根を抜き差しする。華蜜がニチュッ、クチュッと弾けて、チーズのような牝の匂いがひろがった。

「あぁッ、い、いいっ、すごくいいですっ」

両手で裕太の尻たぶを抱えこみ、あられもない声を響かせる。真由美は眉を八の字に歪めて、火照った顔を左右に振りたてた。

「せ、先生っ、はあああッ」

「くおおッ、奥さんっ、おおおッ」

人妻の喘ぎ声と家庭教師の呻き声が交錯する。ふと風呂場に届くのではないかと不安になるが、もはや中断することは不可能だった。

「おおッ、おおッ、うおおおッ」

獣のように唸り、全力で腰を叩きつける。剛根を高速でピストンして、女壺をこれでもかと抉りまくった。

「あぁッ、いいっ、あの人よりもいいのっ、あああッ」

あの真由美があられもない声を振りまいている。より深くまで男根を受け入れようと、抽送に合わせて股間をしゃくりあげてきた。

「くううッ、き、きついっ」

女壺がキュウッと収縮して、陰茎が絞りあげられるのがわかった。

「こ、これが……うおおおッ！」

締まるという意味を実感しながら、ドロドロの快楽に呑みこまれる。思いきり腰を打ちつけて、ペニスを奥の奥まで叩きこんだ。

「も、もう出ちゃいますっ」

「ああッ、出して、なかでいっぱいっ」

真由美が尻たぶに爪を立てて強く引きつける。結合がさらに深まり、一体感が高まった。

「おおおッ、で、出るっ、ぬおおおおおおおおッ！」

頭のなかで閃光が瞬き、股間が熱く燃えあがる。堰《せき》を切ったように欲望が噴きあがり、この世のものとは思えない愉悦がひろがった。

「あああッ、いいっ、いいっ、はあああッ、イクイクううううッ！」

膣道が蠕動《ぜんどう》して、男根を締めあげる。放出したザーメンを受けとめながら、真由美もアクメの嬌声を響かせた。

夫と息子が風呂に入っているのを忘れたわけではないだろう。それでも、真由美は大胆に腰を振り、快楽の彼方に昇り詰めていった。

第二章　未亡人の渇き

1

裕太はパイプベッドの上で、ふと目を覚ました。

薄汚れたモスグリーンのカーテン越しに、柔らかい陽光が差しこんでいる。枕もとの時計を見やると、すでに昼の十二時をまわっていた。

（やべ、もうこんな時間か……）

昨夜は派遣先から直帰して、シャワーも浴びずに寝てしまった。

初体験の興奮で神経が昂っていたが、疲労も蓄積していたのだろう。少しだけ休むつもりで横になり、そのまま深い眠りに落ちていた。結局、この時間まで一度も起きなかった。

「んんっ！」

横になったまま伸びをすると、体の節々がミシミシと音を立てた。

普段と違う動きをしたことが影響しているのだろう。昨夜の出来事が夢でなかったことを実感して、悦びと焦りが同時に湧きあがってきた。

初体験の快感は強烈だった。フェラチオは腰骨まで蕩けるようだったし、膣に挿れたときは魂まで蒸発するかと思うほどだった。

しかし、思い出に浸ってばかりもいられない。なにしろ、生徒の母親と関係を持ってしまったのだ。家庭教師もサービスが大事だと言われたが、さすがにセックスはまずかった。

昨夜は光太郎と光一が風呂からあがる前に逃げ帰った。

夫なら妻の異変に気づいたかもしれない。子供の純粋な目は、母親の不貞を見抜いたかもしれない。家族にばれていないとしても、ひと晩経って冷静になった真由美が、会社にクレームを入れないとも限らない。

誘ってきたのが真由美だと主張したところで、はたしてどこまで信じてもらえるものか。

(もし、そんなことになったら……)

考えれば考えるほど恐ろしくなる。

憧れの上司、亜矢子になじられることを想像したら耐えられない。罵詈雑言を浴びせられた挙げ句、クビを言い渡されるのではないか。それならば、自分から辞めるほうがまだマシだった。

裕太は溜め息をつき、のっそり身を起こした。

ボクサーブリーフ一枚しか身に着けておらず、髪は寝癖でひどい状態だ。部屋を見まわすと、ベッドのすぐ脇にスーツとワイシャツ、それにスパッツが脱ぎ散らかしてあった。

学生時代から住んでいる六畳一間のアパートは、パイプベッドの他には本棚がひとつとカラーボックス、それに小さなテレビしかない。物を収納する場所が少ないので、畳の上に置く癖がついてしまった。

築三十年のオンボロだが、日当たりがいいのは気に入っていた。小さいけれどキッチンとユニットバスがあるので、ひとり暮らしも快適だ。最寄りの駅まで徒歩三十分もかかるのだけは不満だが、歩くのが一番の健康法だと聞いたことがある。とにかく、家賃が格安なので我慢するしかないだろう。

うだうだしている間に十二時半になってしまった。出社時間は午後二時だ。のんびりしている暇はなかった。

飛び起きてボクサーブリーフを脱ぎ捨てると、ユニットバスに駆けこんだ。熱いシャワーを浴びると、多少気分がすっきりする。萎えたジュニアを洗い流すと昨夜の記憶がよみがえり、真由美の顔が脳裏に浮かんだ。

(ああ、奥さん……)

彼女のことを思い出した瞬間、胸の奥がキュンとなった。

この初恋にも似た感情は、筆おろしをしてくれた女性への親愛の情だ。恋のようであって恋ではない。それでも、真由美が一生忘れられない女性になったのは間違いなかった。

真由美にも亜矢子にも嫌われたくない。裕太は思い悩んだ末、バスルームから出ると、大急ぎで便箋に辞表をしたためた。

「おはようございます」

会社に到着したのは一時四十五分だった。

出社するのは昼過ぎでも、「おはようございます」と挨拶するのが、この会社では定着していた。

事務所を見まわすと、まだ詩織と数人の男性社員しか出社していない。奥のデスクには、ファイルに目を通す亜矢子の姿があった。

「おはよう、今日は遅いのね」

パソコンに向かっていた詩織が声をかけてくる。今日も濃紺のスーツで、やさしげな笑みを浮かべていた。

「すみません、遅くなってしまいました」

「あ、そんなつもりで言ったんじゃないの。ミーティングに間に合えばいいんだから」

彼女は慌てたように両手を振った。

どうやら気を使わせてしまったらしい。ますます自己嫌悪に陥り、重い足取りで支店長のデスクに向かった。

「お、おはようございます」

覚悟を決めていたつもりだが、いざとなると声が震えてしまう。この期《ご》に及んで迷っている自分がいた。

「飯塚くん、待ってたのよ」

亜矢子はファイルを閉じると、裕太の目をまっすぐ見つめてくる。なにやら探るような瞳になっていた。

「篠田さんから電話があったわ」

そのひと言で、絶望の底に突き落とされた気分になった。

やはり真由美からクレームがあったのだ。もう辞めるしかない。ジャケットの内ポケットに手に忍ばせて辞表を取り出そうとする。そのとき、亜矢子の口から意外な言葉が飛び出した。

「正式に契約してくれるそうよ」

「……え？」

「来週から一コマ九十分、週二回の授業をご希望よ。よくやったわね」

まさかの展開だった。叱責されるとばかり思っていたので、呆気に取られてしまう。お試しコースからの契約ということは、そのまま裕太が担当教師になることを意味している。まったく予想していなかった結果だった。

「あなたのサービスが気に入ったそうよ。なにをしたの？」

亜矢子はご機嫌な様子で語りかけてくる。支店長としては、契約に繋がったことがなにより嬉しいのだろう。

「い、いや、その……」

頬をひきつらせて言い淀んでしまう。まさかセックスをしたとは言えるはずもない。指先に触れていた辞表はそのままに、内ポケットから手を戻して気をつけをした。

「とにかく、その調子で頼むわね」

亜矢子の笑顔を目にしてほっとする。仕事も辞めずにすみ、すべてが丸く収まった。

(亜矢子さん……俺、がんばります)

胸の奥が熱くなる。家庭教師は大変だが、思っていた以上にやり甲斐のある仕事だった。

「今日は別のお宅に行ってもらうわ。これに目を通しておきなさい」

亜矢子は先ほど見ていたファイルを差しだしてきた。今日からお試しコースに入っているお客さまの申し込み書だ。

「はい、読みこんでおきます!」

気合いの入った裕太の声が事務所に響き渡った。

我ながら単純だと思うが、ひとつ契約が取れたことで、やる気が燃えあがっていた。

2

駅の改札を抜けると、気のせいか空気が違って感じられた。

高級住宅地があることで知られる地域だ。駅前のロータリーを行き交う人々は誰もが小綺麗で、心なしか歩く速度がゆったりしている。上京した当初、東京の人はせかせかしている印象を持ったが、ここは少し違っていた。

道順は会社で調べたのでわかっている。さっそく依頼先の家に向かって歩きだした。

ベーカリーの前を通りかかると、パンを焼く香ばしい匂いが漂ってくる。ガラス張りの店内を見やると、上品そうな奥さま方がトレーとトングを手にしてパンを選んでいた。

しばらく進むと住宅街に差しかかった。

この街の名を聞いて誰もがイメージするとおり、とても庶民には手が届かない邸宅が立ち並んでいる。ガレージに停まっている車は、左ハンドルが圧倒的に多かった。

さらに奥に向かうと、雰囲気の異なる一画が現れた。

綺麗に剪定《せんてい》された生け垣が延々とつづいており、歴史を感じさせる瓦屋根と仰々しい鬼瓦が見えている。この地域では珍しい平屋の日本家屋で、お屋敷と呼ぶほうが相応しい豪邸だった。

（まさか、ここか？）

立派な数寄屋門《すきやもん》に驚かされる。ところが、欅《けやき》の表札を見ると、確かに「二宮《にのみや》」の文字が浮かし彫りにされていた。

気圧されながらも、表札の横にあるインターフォンのボタンを押してみる。すると、スピーカーから落ち着いた女性の声が聞こえてきた。

『はい、どちらさまでしょうか』

「お申し込みいただきました家庭教師のウイニングの、飯塚裕太と申します」

緊張しつつも、直立不動でしっかり名乗った。

『お待ちしておりました。どうぞお入りください』

再び女性の声が聞こえて、門扉を解錠するカチャリッという音がした。

深呼吸をしてから、敷地内に足を踏み入れる。すると、どこかの観光地かと思うほど、広大な日本庭園がひろがっていた。

（なんだ……これは？）

豪快にうねる松を見あげて圧倒される。どう考えても普通の家庭ではない。敷石を踏んで進むと、ようやく日本家屋の玄関に辿り着いた。

この時点で完全に呑まれてしまった。なんとか気持ちを落ち着けようと息を吐きだしたとき、引き戸がするすると開けられた。

「いらっしゃいませ」

顔を覗かせたのは、袷《あわせ》の着物姿の女性だった。

涼しげな瞳が印象的だ。おそらく、彼女が生徒の母親、二宮百合恵《ゆりえ》だろう。申し込み書には三十八歳となっていたが、肌艶《はだつや》がいいため若く見える。黒髪をきっちり結いあげた、物静かな感じの女性だった。

着物の淡い緑の地に描かれているのは散り桜だ。どこか儚げな雰囲気の彼女によく似合っていた。

（綺麗な人だなぁ）

つい見惚れて黙りこむ。百合恵が不思議そうに首をかしげるのを見て、はっと我に返り、慌ててぺこりと頭をさげた。

「は、初めまして、飯塚裕太です」

「飯塚先生ですね。うかがっております。さ、どうぞ」

事前に裕太が担当することを聞いていたらしい。百合恵は柔らかい笑みを浮かべると、しなやかな所作で招き入れてくれた。

築年数だけで言ったら、裕太のアパートよりはるかに古いに違いない。それでも、元の作りが違う上に手入れも行き届いている。まっすぐ延びる板張りの廊下は磨きこまれており、日の光を見事に反射していた。

「失礼します」

革靴を脱いであがると、足の裏がひんやりする。洗いたての靴下だが、ここまで床が綺麗だと足を乗せるのに気が引けた。

「こちらです」

百合恵が楚々とした足取りで廊下を進んでいく。左手はガラス戸になっており、日本庭園が一望できる。だが、裕太は後ろをついて歩きながら、白足袋を穿いた彼女の足を見つめていた。

これまで着物の女性と接する機会はなかった。ましてや、百合恵のような美熟女となれば、そうそう出会えるものではない。女優だと言われれば納得してしまうほどの佇《たたず》まいだった。

(おっ……)

着物に包まれた尻を見やり、思わず喉をごくっと鳴らした。

歩を進めるたび、むっちりした双臀が左右に揺れる。一見したところ、かなり豊満な尻のようだ。きっと尻肉は柔らかいのだろう。肌は手入れが行き届いており、しっとりツルツルしているに違いない。

（ああ、触ってみたい）

邪な感情が湧きあがる。これでは同じ失敗を繰り返してしまう。他のことに気を取られている場合ではないが、着物の上から尻を見ているだけで、妄想が無限にひろがった。

「ここが息子の部屋です」

百合恵が立ち止まり、閉まっている襖《ふすま》に目を向けた。

いよいよ新しい生徒との対面だ。母親の尻に心乱されている場合ではない。裕太は気持ちを引き締めると小さく頷いた。

「今日は初めてですので、授業というより軽い顔合わせと思ってください」

お試しコースの一日目は、家庭教師も生徒も手探りだ。家庭教師のウイニングでは、互いを知って打ち解けるための時間と考えていた。

「それが、うちの子はちょっと変わっておりまして……」

百合恵はなぜか声のトーンを落としている。部屋のなかにいる息子に聞かれたくないのだろうか。

「変わっている、とおっしゃいますと？」

「内気と申しますか、人見知りが激しいと申しますか……」

どうにも歯切れが悪い。裕太が返答に窮していると、彼女はさらに言葉を重ねてきた。

「じつは、他のところで何人も家庭教師をお願いしてきたのですが、長続きしたことがないのです」

大手の家庭教師チェーンに依頼したことがあるらしい。何度か教師を交代したが、相性が合わなかったという。

「ご安心ください。うちにも教師はたくさん在籍しています」

「最初からこんなことを言って、すみません」

百合恵は申し訳なさそうに頭をさげた。

「早くに夫を亡くしておりまして、息子は父親を知らないのです。きっと、そのせいで人付き合いが下手になってしまったのだと……」

十年前に夫を不慮の事故で亡くしているという。よほど愛していたのか、再婚せずに母子二人で暮らしてきた。二宮家には代々引き継いできた土地や建物があるので、生活には困っていないらしい。

（へえ、未亡人か……）

思考が脱線しそうになり、とっさに気持ちを引き締める。

彼女の言うことにも一理あるかもしれない。母子家庭で育ったために、コミュニケーションの取り方が苦手になってしまった可能性は否定できなかった。

「成績はいいのですが、友だちが少なくて」

家庭教師との勉強を通して、人との関わり方を学ばせたいという。百合恵の切実な気持ちが伝わってきた。

「息子が不憫で……どうか、よろしくお願いいたします」

「わかりました。では、さっそく息子さんに会わせていただけますか？」

裕太は内心不安だらけだったが、あえて堂々と振る舞った。新人の自分にはむずかしすぎるケースであることは明白で、完全に開き直っていた。

普通の授業すらおぼつかないのに、コミュニケーションの術など教えられるはずがない。いざとなったら、先輩家庭教師に交代してもらうしかないだろう。こうなったら、当たって砕けるしかなかった。

3

「拓真《たくま》ちゃん、入るわね」

百合恵が声をかけて、襖をそっと開けた。

裕太も彼女につづいて部屋のなかに足を踏み入れる。どうせ駄目だと諦めたことで、多少なりとも肩から力が抜けていた。

奥の窓際に文机《ふづくえ》が置かれている。その前に、濃紺の半ズボンに白いシャツを着た男の子が正座をしていた。

部屋は十畳ほどで、壁は本棚で埋め尽くされている。漫画やゲームの攻略本などの子供っぽいものはいっさいない。参考書や図鑑、それに小説がぎっしり詰まっていた。

「息子の拓真です」

百合恵が息子を紹介してくれる。すると、拓真はきちんとこちらに向き直り、切り揃えられた前髪の下からじっと見つめてきた。

「拓真です。よろしくお願いします」

丁寧な言葉遣いだが、まったく気持ちが感じられない。十一歳の小学校六年生なのに、子供らしい潑剌さは皆無だった。

「こちら、家庭教師の飯塚先生よ」

「飯塚……裕太先生」

「うん、飯塚裕太です。よろしくね」

笑顔を意識して自己紹介する。なかなか上手く言えたと思ったが、拓真は小さく頷いただけで文机に向き直ってしまった。

(ははっ、やっぱダメか)

開き直っているので、さほどショックはない。とりあえず、これからの六十分を無難にこなすことだけを考えていた。

「拓真ちゃん、先生の言うことをちゃんと聞くのよ。では、先生、よろしくお願いいたします」

百合恵は丁重に頭をさげると、一瞬、懇願するような瞳を向けてくる。そして、しなやかな所作で部屋から出ていった。

とにかく、やってみるしかない。

まずは文机に歩み寄り、拓真の隣で正座をする。なにをしているのかと覗きこめば、彼は熱心に地図帳を眺めていた。

「おっ、社会科の勉強だね」

「違います」

小さな声で否定されて、出鼻を挫かれてしまう。予想していたことだが、どうにも取っつきにくい感じがした。

「そろそろ勉強しようか。国語？　それとも算数かな？」

「大丈夫です」

取りつく島もない。これでは勉強以前の問題だった。

（なんか、俺より賢そうだな）

とても手に負えそうにないが、諦めたらお終いだ。とにかく、コミュニケーションを取ろう。たとえ反応が薄くても、こちらから積極的に話しかけるしかなかった。

「地図を見るのが好きなの？」

話題をひろげようと尋ねてみる。ところが、拓真はなにも答えなかった。

本当に見ているのか、それとも裕太と言葉を交わしたくないだけなのか、地図帳をパラパラとめくっていた。

（まいったな……）

心を閉ざしてしまったのだろうか。そのとき、拓真が地図帳をめくり、山梨県のページになった。

「先生はこのあたりで生まれ育ったんだ」

裕太は山梨県出身だ。実家のあたりを指差すと、拓真が一瞬動きをとめた。初めて反応があったが、彼は口を開くことなく再びページをめくった。

「おっ、湘南だ。学生のときに海を見に行ったんだ」

神奈川県のページになり、すかさず横から口を挟む。またしても拓真の動きがとまるが、やはりなにも言わずにページめくりを再開した。

「ここは九十九里、懐かしいな」

「あっ、苗場ではスノボをやったよ」

「北海道も夏休みに行ったな。今度は冬に行ってみたいね」

間が持たなくて、ひとりで勝手にしゃべりつづける。拓真が地図帳をめくるので、それを見ながら思いついたことを口にしていた。

ところが、ふいに拓真は地図帳を閉じてしまう。そして、裕太の顔をまじまじと見あげてきた。

「先生、勉強しなくていいの？」

「うっ……が、学校の勉強だけが勉強じゃないからね」

鋭いツッコミに思わず言い淀むが、とっさに立て直して言葉を返していく。それっぽいことを言って、誤魔化す作戦だった。

「勉強以外にも、学ばなきゃいけないことはたくさんあるんだ」

自分でもおかしなことを言っていると思うが、実際、百合恵は勉強よりも人との関わりを学ばせたいと言っていた。

「ふうん……先生、変わってるね」

納得したのか不満なのか、今ひとつ判断できない反応だった。

しばらく沈黙がつづき、またしても気まずい空気になってくる。なにか言わなければと思ったとき、廊下に人の気配がした。

「失礼します」

襖がほんの少し開けられる。

「先生、お茶をお持ちしました」

百合恵だった。落ち着き払った声音のなかに、探るような響きを感じた。息子の様子が気になっているのだろう。

「わざわざすみません、ありがとうございます」

緊張気味に言葉を返すと、襖がすっと開き、廊下に正座をしている百合恵の姿が目に入った。

裕太は思わず背筋を伸ばしていた。あまり丁寧にされると戸惑ってしまう。どういう態度を取ればいいのかわからずおろおろするが、隣の拓真はまたしても地図帳を開いていた。

「休憩なさってください」

百合恵がお盆を手に歩み寄ってくる。相変わらず流れるような所作で、お茶と羊羹を文机の上に置いてくれた。

「ご丁寧にどうも……」

硬くなりながら礼を言うと、彼女は微かに笑みを返してくる。そして、立ち去るのかと思いきや、そのまま裕太の隣で正座をして腰を落ち着けた。

「なにをお勉強しているのですか？」

文机の上に視線を向ける。ところが、拓真は反応することなく、黙って地図帳をめくっていた。

「あ、あの、社会科を少々……というか、地図を見ていただけですが」

とっさに取り繕おうとするが嘘はつけなかった。正直に告げると、拓真が驚いたように見あげてきた。今まで一番顕著な反応だった。

「な、なんだい？」

「やっぱり、先生って変わってる」

ぽつりとつぶやき、再び地図帳に視線を戻した。そんな拓真の姿を目にして、
今度は百合恵が口もとに手をやった。

「まあ、拓真ちゃん……」

涙ぐんでいるように見えたのは気のせいだろうか。

「あの、どうかされましたか？」

二人の間に挟まれている裕太は、どうすればいいのかわからず拓真と百合恵の
顔を交互に見やった。

「うちの子が、自分から先生に話しかけるなんて」

彼女の反応から察するに、これまでの家庭教師とはほとんど言葉を交わさな
かったのだろう。息子が自分から口を開いたことが、よほど嬉しかったらしい。

そっと裕太の太腿に手を置き、潤んだ瞳を向けてきた。

（は、はい？）

心臓がドクンッと音を立てる。そんな裕太の動揺には気づかず、彼女は唇だけ

動かして「ありがとうございます」と語りかけてきた。

裕太は頬をこわばらせながら小さく会釈を返す。だが、感謝されるようなことはなにもしていなかった。

「そうですか、地理のお勉強をしていたのですね」

百合恵はまだ部屋から出ていこうとしない。感激の面持ちで地図帳を覗きこんでくる。そのとき、着物の後ろ衿から覗くうなじが目に入った。

（おっ！）

ついつい視線が惹きつけられた。

白くて滑らかな肌に、後れ毛が二、三本垂れかかっている。黒髪を結いあげているため、普段は見ることのできない女性の秘められた部分が晒されていた。思わずむしゃぶりつきたくなるほど、綺麗なうなじだった。

（おっ……おおっ！）

裕太はまたしても喉の奥で呻《うめ》いていた。

彼女は正座の姿勢から身を乗りだしているため、尻を浮かし気味にして、後方に突きだす格好になっている。その結果、臀部を包む着物が、いい感じに張り詰めていた。

「うちの子、地図帳を見るのが好きなんです」

「そ、そうなんですか……」

着物に浮かびあがった尻たぶの丸みが気になって仕方ない。いけないと思いながら凝視して、うわの空で言葉を返した。

帯を締めているのでわかりにくいが、腰も悩ましい曲線を描いているに違いない。畳の上に軽く立てた白足袋のつま先にも、視線が吸い寄せられる。靴下でもストッキングでも生足でもなく、穢《けが》れのない白い足袋に包まれているということが牡の本能を刺激した。

(着物も、悪くないな……)

初めてそう思った。着物というのは淑やかなだけではなく、女性の身体をより美しく、より艶やかに演出する力を持っているらしい。着物を纏った女性が、これほどそそるものだとは知らなかった。

(それに、この匂い)

熟れたマンゴーを思わせる甘い香りも漂ってくる。これは食べ頃の女性が、男を誘うときの芳香ではないか。妄想が妄想を呼び、いつしか頭のなかが熱く沸騰していた。

「くっ……」

まずいと思ったときには遅かった。股間がズクリと疼き、男根が目覚めてしまう。意識を他に向ける間もなく、急速に膨らみはじめた。

（し、しまった！）

さらに大きな失敗に気づいて愕然とする。辞表を出すつもりで出社したので、スパッツを重ね穿きしてこなかった。このままでは、スラックスの股間がテントを張ってしまう。

（なんとかしないと……）

額にじんわり汗が浮かんだ。万が一、勃起がばれたら、せっかく築けそうになっていた百合恵の信頼を失ってしまう。

（鎮まれ、頼むから鎮まってくれ！）

心のなかで念じるが、焦れば焦るほど、わがままな暴れん棒は自己主張をはじめてしまう。まるで水風船が膨らむように、瞬く間に体積を増していく。全身の血液が流れこみ、陰茎が太く長く硬直していくのがわかった。

「ううっ……」

両手の爪を太腿に強く食いこませた。

痛みで勃起の阻止を試みる作戦だが、まったくの徒労に終わった。すぐ近くに百合恵がいる限り、牡の本能を黙らせることはできない。男根はますます膨らみ、スラックスの布地が誤魔化せないほど盛りあがった。

(スパッツさえ穿いていれば……)

後悔の念がこみあげるが、今さらそれを言ったところではじまらない。なんとか、この場を切り抜けなければならなかった。

(くうっ、もうダメだ!)

どうしようもなくなり、両手で股間を押さえつける。すると、それが刺激となり、先端から我慢汁が滲んでしまう。同時に鈍い快感が湧きだし、全身へとひろがった。

「うぬぅっ」

こらえきれない呻きが、唇の隙間から溢れだした。

「先生?」

百合恵が不思議そうに声をかけてくる。彼女は息子のことだけ見ていたが、ついに裕太の異変に気づいてしまった。

「すごい汗ですよ」

顔を覗きこまれても、もう言葉を返せない。両手で股間を押さえて前屈みになり、肩を小刻みに震わせることしかできなかった。

「どこか具合でも悪いのですか？」

彼女の声には訝《いぶか》るような響きが混じっている。もしかしたら、勃起に気づかれたのだろうか。もうこれ以上は隠しきれないと思ったとき、ふいに拓真が口を開いた。

「トイレ、行ってくれば？」

腹痛で苦しんでいると思ったらしい。光一のときもそうだったが、勃起を誤魔化していると、どうやら子供の目には腹痛に見えるようだった。

「あら、大変」

百合恵は慌てた様子で立ちあがり、裕太の腕に手を沿えてくれた。

「どうぞ、こちらです」

「す、すみません……」

ここは腹痛ということにして、トイレに避難するのが最善策だろう。裕太は極端な前屈みで、下腹部を押さえた情けない格好のまま、廊下の先にあるトイレに案内してもらった。

(ふぅっ、危なかった)

個室に入ってドアを閉めると、安堵の溜め息が溢れだした。

歴史の重みを感じる日本家屋だが、トイレは改修されている。個室内は明るく清潔で、洋式便器が設置されていた。

それにしても、危ないところだった。かなりきわどかったが、なんとか切り抜けることができた。とはいえ、反り返ったペニスが大人しくなるまでは、本当に安心できなかった。

(こうなったら……)

スラックスとボクサーブリーフを膝までさげて、便座に腰をおろした。

男根は隆々とそびえ勃っている。張り詰めた竿には太い血管が浮きあがり、亀頭は我慢汁で濡れそぼっていた。ツンとする牡の匂いが漂い、トイレの個室に充満していった。

ここまで勃起したら、射精しないことには収まらない。依頼先でオナニーするなどあり得ないが、なにしろ緊急事態だ。迷っている場合ではなかった。

(よしっ、やるぞ)

気合いを入れて、野太く成長した太幹を握りしめる。それだけで、先端の鈴割れから透明な汁が滲み出した。

「くうっ」

いけないことだと自覚しているからこそ、興奮も大きくなる。思わず呻きながら手筒をスライドさせようとした、まさにそのときだった。

「飯塚先生——」

突然、ドア越しに百合恵が呼びかけてきた。

「大丈夫ですか?」

心配になって様子を見にきたらしい。さすがに、この状況で自慰行為をつづける勇気はなかった。

「は、はい、だ、大丈夫です」

声をかけられたことで、ペニスは若干萎え気味になっている。トイレットペーパーでカウパー汁だけ拭き取ると、半勃ちの男根をボクサーブリーフのなかに押しこんだ。その際、竿を下に向けて、内腿でしっかり挟むようにした。

(これで乗り切るしかない)

悲愴なまでの覚悟だった。

ペニスが無理な角度になっているので落ち着かないが、隠し通すためには仕方がない。今朝は辞表を出そうかと思い悩んでいたが、もう家庭教師をつづけることに決めたのだ。

「お、遅くなって、どうもすみません」

前屈みになり、そっとドアを開けた。

「無理をなさらないでくださいね」

百合恵が声をかけてくれるが、目を見る勇気はなかった。

「ご心配おかけしました。もう大丈夫です」

ペニスが飛び出さないよう、内股でしっかり挟みこんで、膝から下だけでちょこちょこ歩いた。正座をすれば、あとはなんとか誤魔化せる。子供部屋に辿り着くと、とっとと拓真の隣に座りこんで、さりげなく股間に手を置いた。

「拓真くんのおかげでトイレに行けたよ」

心からの言葉だった。拓真が腹痛だと誤解してくれたから、トイレで気持ちを立て直すことができたのだ。

「ほんと、ありがとう」

気落ちをこめて礼を言うと、拓真はちらりと見あげてきた。

「お腹、直った？」

　言葉数は少ないが、心配してくれていたのが伝わってくる。人付き合いは下手でも、心やさしい男の子だった。

「うん、もう大丈夫だよ」

　笑いかけると、拓真は微かに頬を動かした。もしかしたら、笑ったのかもしれない。それを見ていた百合恵は、満足そうに頷いた。そして、息子の勉強の邪魔をしないように、そっと部屋から出ていった。

「先生、いろんなところに行ってるんだね」

　拓真はぽつりとつぶやき、再び地図帳を開いた。裕太が様々な場所を知っていることに興味を持ったらしい。

「お父さんに連れていってもらったの？」

「いや、ほとんどひとりだよ、学生時代にね」

　できれば女の子と行きたかったが、恋人どころか、気軽に誘える女友だちすらいなかった。

「ぼく、お父さんがいないんだ。友だちはね、みんな日曜日にお父さんと遊びに行くんだ。どっかに連れていってもらうんだよ」

　淡々とした口調が、なおのこと淋しげに聞こえた。父親がいないことが、やはり彼の心になんらかの影響を与えているのだろう。

なんとかしてやりたい。今、本当に拓真に必要なのは、学校の勉強ではない気がした。

「サッカーは好きかい？」

唐突に尋ねると、拓真が不思議そうに見あげてくる。裕太はかまわずしゃべりつづけた。

「先生、こう見えても得意なんだぞ」

「ぼく、やったことないよ。だって、下手だから……」

運動が苦手で、なおのこと友だちと遊ぶ機会が減っているのかもしれない。それならば、やることはひとつだった。

「先生と特訓だ。次の授業のとき、勉強の後でサッカーをやってみよう」

「ほんと？」

「ああ、約束だ」

右手の小指を差しだすと、拓真は戸惑いながらも小指を絡めてきた。

「指切りげんまん、ウソついたら――」

勢いで言ってしまったわけではない。拓真にはこういった交流が必要だと思った。きっと百合恵も納得してくれるだろう。

「針千本飲～ます、指切った」

最後のほうは、拓真も笑顔で歌ってくれた。それがなにより嬉しかった。

4

授業を終わる頃、百合恵が再びやってきた。

「拓真ちゃん、よかったわね」

次の授業の後、庭でサッカーを教えたい旨を伝えると、百合恵は大いに喜んでくれた。息子が心を開いてくれたのが嬉しいのだろう。

「では、わたしはこれで失礼します」

暴れん棒が大人しくなっているうちに帰りたかった。今度、目を覚ましたら、鎮めるのはむずかしいだろう。早々に立ちあがると、百合恵が慌てたように声をかけてきた。

「すみません、少しだけお手伝いしていただけますか？」

「はい？」

いったい、なにを手伝うのだろう。切実な瞳を向けられて、内心身構えてしまう。しかし、サービスが大切だと教えられているので、無下に断ることはできなかった。

「あの子はテレビを観ているので、しばらくは大丈夫です」

なにか様子がおかしい。そんなに時間がかかることなのだろうか。彼女の瞳を見ていると、どうしようもなく胸の奥がざわめいた。

拓真を母屋に残して、庭の隅にある離れに連れていかれた。すでに日は落ちており、外灯が庭を照らしていた。

錦鯉が泳いでいる大きな池があり、その向こう側に植えられた松の裏という目立たない場所に離れはあった。瓦屋根の小さな小屋で、現在は物置として使っているという。

「荷物を出したいのですけど、男手がないものですから」

百合恵が申し訳なさそうにつぶやいた。なるほど、そういうことなら、いくらでも手伝うつもりだ。

「おまかせください。ここですね」

彼女が鍵を外したので、裕太が引き戸に手をかけてスライドさせた。

引き戸は木製の一枚板だ。わずかに軋んだが、思ったよりもスムーズに開けることができた。

百合恵が入口付近の壁を探ると、裸電球が灯った。オレンジがかった光が、室内を照らしだした。

入ってすぐが土間で、その先は板の間になっている。ぱっと見たところ、十畳以上はあるだろうか、ひとり暮らしの裕太の部屋よりも広かった。裸電球がひとつだけぶらさがった天井には、梁が縦横に何本も走っていた。

周囲の壁を埋めるように、木箱がいくつも積みあげられている。それ以外にも大きな壺や花瓶などが、ところ狭しと置いてあった。

「なんか、すごいですね」

きっと価値のある骨董品ばかりなのだろう。こういうところに、とんでもないお宝が眠っているに違いない。テレビの鑑定番組に出したら、もの凄い金額になるのではないか。

「こちらです」

百合恵が草履を脱いで板の間にあがったので、裕太も後につづいた。

微かに埃っぽい匂いはするが、定期的に換気をしているのだろう。さほど気になるほどではなかった。

荷物の間を進んでいくと、一番奥に襖が見えた。

「押し入れの枕棚にあげてある箱を、おろしていただきたいのです」

「わかりました」

裸電球の明かりが弱いため、このあたりは薄暗い。少し怖かったが、それは顔に出さずに襖を開けた。

ひんやりとした空気が溢れだしてくる。二段になっている普通の押し入れで、上の段には物がいっさいなかった。

「枕棚ですよね？」

尋ねながらなにげなく下の段を覗きこむ。途端に背筋がゾッと寒くなった。

「ひっ！」

短い悲鳴が漏れて、懸命に唇を引き結んだ。

「な、なんですか、これ？」

つい余計なことを言ってしまう。

下の段には、なんとも異様な光景がひろがっていた。大小のこけしが百体近くも並んでいるのだ。しかも、なぜかワックス掛けしたように、どのこけしも頭部がヌラヌラと光っていた。

「驚かせてしまってごめんなさい。こけし集めはわたくしの趣味ですの」

百合恵はそう言うと、さも楽しそうに「ふふっ」と笑った。

（あ……こんなふうに笑うんだ）

心がすっと軽くなる。彼女の笑顔を初めて見た気がした。

こけしを集めているのは、不思議でもなんでもない。ただ、未亡人が夜な夜な離れを訪れては、こけしを股間にあてがっている姿を想像してしまう。裕太は慌てて頭を振り、淫らな妄想を打ち消した。

「し、失礼しました」

邪魔になるのでジャケットを脱ぐと、百合恵がそっと受け取ってくれた。

押し入れの上の段にあがり、枕棚を覗きこむ。裸電球の明かりが届かず、真っ暗だ。手を伸ばしてみると、段ボール箱が指先に触れた。

「これですね……よいしょ」

みかん箱ほどのサイズだが、さほど重くはない。なぜ隠すように置いてあるのだろう。不思議に思いつつ、段ボール箱を上の段におろし、裕太は押し入れから外に出た。

「ありがとうございます。助かりました」

百合恵は礼を言うと、さっそく段ボール箱の蓋を開いてなかを覗きこむ。裕太も横からなにげなく見やった。

束になった麻縄がいくつも入っていた。なにか荷物でも縛るのだろうか。どれも使いこまれて色が濃くなっており、表面が滑らかになめされていた。

「これは、なんですか？」

「もう少しだけ、お手伝いをお願いしてもいいですか？」

百合恵はあくまでも淑やかだが、なぜか質問には答えてくれない。離れの引き戸をぴったり閉めて戻ってくると、裕太の腕にそっと手を添えてきた。

「動かないでくださいね」

体の前で左右の手首を交差させる姿勢を取らされる。彼女は麻縄の束をほどいて二つ折りにすると、慣れた手つきで裕太の手首に巻きつけはじめた。

「あの……なにを？」

まったく意図がわからない。手首はひとまとめにされて、しっかり縛られていく。疑問ばかりが膨らみ、だんだん不安になってきた。

「夫が亡くなってから、もう十年経ちました」

彼女がひとり言のようにつぶやいた。

なにやら、先ほどとは雰囲気が違っている。裸電球に照らされた横顔は、悲しみを湛えているようでありながら、悦びを滲ませているようにも映った。

「でも、淋しくはありません。この離れがありますから」

いったい、なにを言っているのだろう。

百合恵は手首を縛った縄の端を小さく結んで瘤《こぶ》を作り、天井に向かって投げあげた。瘤は梁の上を通過して、床にこつんと落下する。彼女はそれを拾いあげると、ゆっくり引きはじめた。

「え？　ちょ、ちょっと……」

縄が引っ張られて、手首が上にあがっていく。百合恵を見やると、なにやら薄い笑みを浮かべていた。

両腕が天井に向かって引きあげられ、体がまっすぐ伸ばされる。百合恵は縄の端を、壁に設置された鉄製のフックに縛りつけた。一連の流れは自然で、これまでに何度も繰り返されてきた動きのようだった。

（なんだこれは……どうなってる？）

疑問ばかりが膨れあがる。腕を揺らしてみるが、しっかり縛られた手首はびくともしない。なにが起こっているのか、まったく理解できなかった。

「どうしてもつらいときは、ここに来るのです。可愛いこけしたちが、わたくしを慰めてくれます」

「まさか、あのこけしは……」

背後の押し入れを振り返る。下の段に並べられたこけしが笑っているように見えた。

瞬く間に妄想がひろがっていく。

どんなに貞淑な女性でも、独り寝の夜がつらいときがあるだろう。夫を亡くしてからの十年間、百合恵は大小のこけしを使って自分を慰めてきたのだ。熟れた女体を持て余したとき、疼く女壺にこけしを埋めこみ、欲望のままに出し入れしたに違いなかった。

牝汁を吸ったことで、こけしの頭部は濡れ光っているのだろう。あれだけの数があるということは、百合恵は見た目とは裏腹にふしだらな一面があるのかもしれない。

「息子のことを思うと、再婚をしたほうがよかったのかもしれません」

百合恵がすっと身を寄せてくる。ワイシャツの胸板に頬を押し当てて、手のひらを重ねてきた。

「でも、殿方との出会いがなくて」

指先で胸板をいじられる。布地越しに乳首を探り当てられて、クニクニと転がされた。

「うっ……な、なにを?」

甘い快感電流がひろがり、こんな状況だというのに股間が反応してしまう。先ほどオナニーをしそびれたので、火がつくのは早かった。瞬く間に男根が芯を通して、スラックスの前をこんもり膨らませた。

「少しだけでいいのです。わたくしのお相手をしてください」

至近距離から濡れた瞳で見つめられて、胸の鼓動が速くなる。香《かぐわ》しい吐息が鼻先をくすぐり、ペニスが本格的に硬直した。

百合恵の細い指がネクタイをほどきはじめる。スルスルと抜き取ると、躊躇することなくワイシャツのボタンを上から順に外していく。

「こ、困ります」

腕を揺するが、しっかり縛られた手首はほどけない。その間にもワイシャツの前は開かれて、ランニングシャツを首の下までまくりあげられた。

「二宮さんっ」

「いやです、そんな無粋な呼び方。百合恵って呼んでください」

甘えるように言いながら、彼女は露わになった乳首を指先でなぞってくる。途端にゾクゾクする快感がひろがり、吊られた体が硬直した。

「くうっ……ゆ、百合恵さん、ダメです」

「なにがダメなんですか？　乳首、こんなに硬くなってますよ」

百合恵は双つの乳首を交互にいじりまわしてくる。指先でくすぐっては、不意を突くようにキュッと摘みあげてきた。

「ううっ、ま、待ってください」

自由を奪われている裕太に抗う術はない。未亡人に体をまさぐられても、情けない声を漏らすことしかできなかった。

「乳首が好きなんですか？」

囁くように尋ねてくるなり、彼女は乳首に口づけする。淡い桜色の唇で包みこみ、柔らかい舌を這わせてくるのだ。唾液を塗りつけては、チュルチュルとやさしく吸いたてられた。

「くううっ！」

鮮烈な快感が突き抜ける。こらえきれない呻き声が溢れだし、縛られた両手を握りしめた。すでに男根は鋼鉄のように硬直している。尿道口から我慢汁が溢れ出し、ボクサーブリーフの内側を濡らしていた。

「どっちもカチカチです。上も、それに下も」

百合恵は乳首を吸いながら、下半身に手を伸ばしてくる。器用にベルトを外すと、スラックスにも手をかけてきた。

「こ、こういうこと、よくなさってるんですか？」

「ふふっ、ご想像におまかせしますわ」

目の前にしゃがみつつ、スラックスをおろしていく。つま先から抜き取り、ボクサーブリーフの膨らみを見つめてきた。伸縮性のあるグレーの布地にペニスの形が浮かびあがり、先端部分に黒っぽい染みがひろがっていた。

「でも、家庭教師の方は初めてです。息子の先生ですから、やっぱり……」

息子の話になると、百合恵の顔に戸惑いが浮かんだ。

「飯塚先生は……裕太先生は特別です。これからも、拓真のことお願いしますね」

それは正式に契約してくれるということだろうか。気にはなったが、今は確認する余裕などあるはずもない。彼女の指がボクサーブリーフのウエストにかかり、ついにはペロリと剝きおろされた。

「うわっ!」

まるでバネ仕掛けのように、屹立したペニスがビイインッと跳ねあがる。大量に溢れていたカウパー汁が飛び散り、彼女の頬に付着した。

「あンっ、すごいわ」

百合恵は嫌がる素振りを見せずに、睫毛《まつげ》を伏せて強烈な牡の臭いを嗅いでいる。まるで松茸の香りを楽しむように、静かに深呼吸を繰り返した。

着物姿の未亡人がひざまずき、ペニスの匂いを楽しんでいる。しかも自分は縛られて身動きできない状況だ。羞恥だけではなく、これまでにない興奮が湧きあがっていた。

「二宮さん……いや、ゆ、百合恵さん……どうして、こんなことを?」

思いきって尋ねてみる。彼女ほど魅力的な女性なら、黙っていても男は寄ってくるだろう。出会いがないと言っていたが、街に出ればいくらでも声をかけられるのではないか。

「わたくし、男性を苛《いじ》めるのが大好きなんです」

百合恵が股間から見あげてくる。吐息が濡れた亀頭に吹きかかり、太幹が期待に震えあがった。

「い、苛める？」

「声をかけてくださる方は、みなさんタイプが違うのです。苛められるのが好きな方でないと」

「お、俺、そういうのじゃないですから」

慌てて訴えると、彼女は瞳をすっと細めた。

「わたくし、殿方の気持ちがわかるのですよ。ご安心なさってください。痛いことはしませんから」

裕太の性癖を見抜いているとでも言うのだろうか。百合恵は正座をして前屈みになると、裕太の足から靴下を脱がしていく。なにをするのかと思えば、いきなり足指にしゃぶりついてきた。

「はむっ……ンふぅっ」

「わっ、な、なにしてるんですか？」

這いつくばって親指を口に含み、指の股にも舌を這わせてくる。ニュルニュルとしゃぶられて、くすぐったさがこみあげた。

「ひっ、ちょっ……ううっ」

足首をしっかり摑まれて逃げられない。親指からはじまり、小指まで一本いっぽん丁寧にねぶられる。反対の足も同じように舐めまわされて、裕太は吊られた体をよじりまくった。

「はぁ……いかがですか？」

百合恵は口を離すと、若干上気した顔で見あげてくる。裸電球の明かりが、濡れた瞳を照らしだしていた。

「く、くすぐったいです」

「それだけですか？」

すべてわかっているとばかりに見つめられる。確かに、かつてない興奮を覚えていたのも事実だ。美熟女に足指を舐められることで、陰茎はますます反り返っていた。

「もっと気持ちいいこと、教えてあげます」

百合恵は背後にまわりこんで正座をすると、尻たぶに両手をあてがった。そして、臀裂を割り開き、いきなり顔を押しつけてきた。

「うひッ！」

おかしな声が漏れてしまう。信じられないことに、未亡人が肛門にむしゃぶりついていた。

「むふっ、はふンっ」

柔らかい唇を押し当てて、排泄器官に熱い舌を這わせてくる。放射状にひろがる皺を丁寧になぞり、唾液をたっぷり塗りこんできた。

「ひッ、そ、そこはっ」

「お尻も感じる方って、意外と多いのですよ」

臀裂に顔を埋めたまま、百合恵が語りかけてくる。尻穴を舌先でチロチロくすぐり、同時に尻たぶを両手で撫でまわしてきた。

「ううッ、くううッ」

経験したことのない刺激に、裕太は呻くことしかできない。尻を左右に振ったところで逃げられず、未亡人に肛門をしゃぶられつづけた。さらには舌先を浅く埋めこまれて、快感の塊が背筋を駆けあがった。

「ひいいッ、も、もうっ」

たまらず叫ぶが、彼女は執拗に尻穴を舐めまわし、裕太のことを延々と悶えさせた。

「もっと声を出してもいいんですよ。ここなら誰にも聞こえませんから」

「ううウッ、ゆ、許してください」

涙声になって必死に懇願する。これ以上つづけられたら、失禁してしまいそうだった。

「ふふっ、お尻、そんなによかったですか？」

百合恵はようやく臀裂から顔を離すと、今度は背筋を舐めあげてくる。立ちあがりながら背骨に唇を滑らせて、唾液の筋をつけていた。

さらに正面にまわりこみ、腋の下に顔を埋めてくる。鼻先で腋毛を掻きわけて、地肌に柔らかい舌を這わせてきた。

「ひッ、ちょ、ちょっと」

「ああ、汗の匂いがします。男の人の匂いです」

未亡人にとっては、男の汗の匂いがたまらないのだろう。舌を使いながら、何度も深呼吸を繰り返した。

「わ、腋は……ひうッ」

くすぐったさに身をよじる。時間をかけた愛撫で、すでに全身が敏感になっていた。腋窩《えきか》で彼女の舌が蠢くたび、体が勝手に跳ねあがった。

「ピクピクしてますよ。そんなに気持ちいいですか？」

百合恵は執拗に舐めまわしてくる。裕太が反応するのが楽しいらしい。懸命に耐えようとするが、同時に乳首をいじられると我慢できなかった。

「ううウッ、もうっ、もうダメですっ」

半泣きになって訴える。すると、彼女は腋窩から乳首、乳首から臍へと唇を滑らせながら、再び目の前にゆっくりしゃがみこんだ。

「こんなになって……」

彼女の鼻先で、屹立したペニスが揺れている。亀頭はこれでもかと張り詰めて、大量のカウパー汁で濡れ光っていた。

「はああンっ、男臭いわぁ」

大きく深呼吸すると、瞳をとろんと潤ませる。先ほどよりもさらに強烈な牡の匂いが漂っているはずだ。それでも、百合恵はうっとりした様子で溜め息を漏らしていた。

「大好きなんです。ここの匂いが」

両手の指を砲身の根元に沿えると、伸ばした舌を裏筋に這わせてくる。睾丸の近くから、味わうようにゆっくり舐めあげてきた。

「ンっ……ンっ……」

「うぉっ……ううっ」

舌先が亀頭の裏側に達し、カリの周囲をじりじりと一周する。亀頭の裏側に戻ると、またしても太幹の縫い目をなぞられた。そうやって散々焦らしてから、ようやく亀頭をぱっくり咥えこんだ。

「こんなに大きくなって……はむンっ」

「うおッ、や、やばいっ」

柔らかい唇がカリ首に巻きついた瞬間、凄まじい快感が押し寄せてくる。睾丸がキュッとあがり、先走り液が大量に噴きだした。

「うぬぬッ」

とっさに奥歯を強く噛み、こみあげてきた射精感を抑えこむ。ところが、百合恵はまったく容赦しない。カウパー汁を美味しそうに嚥下すると、休むことなくゆったり首を振りはじめた。

「はむっ……むふっ……あふンっ」

唇が太幹の表面をやさしく滑り、唾液を全体に塗り伸ばしていく。ヌルヌル滑る感じがたまらない。一往復しただけで、陰茎は唾液で完全にコーティングされていた。

「おおッ、す、すごい、おおおッ」

滑りがよくなり、彼女が首を振るたび快感が膨れあがった。

視線を己の股間に向けると、着物姿の未亡人が硬直した肉棒を咥えていた。裸電球のオレンジっぽい光のなか、黒髪を結いあげた頭が揺れている。ほっそりした指を根元に添えて、目もとを染めながらしゃぶっていた。

視覚的にも欲望を煽られ、ペニスが蕩けそうな感覚に包まれる。しかも、身動きが取れない状態というのも、異様な興奮を掻きたてた。

「あふっ……ンふっ……あむぅっ」

「ゆ、百合恵さん、そんなにされたら……ううウッ」

呻きまじりに訴える。すると、彼女はあっさりペニスを吐き出し、紅潮した顔で見あげてきた。

「まだ出したらダメですよ」

百合恵は立ちあがり、着物の衿に両手をかけて開きはじめる。最初から緩く着付けてあったのか意外にも簡単にはだけて、いきなり双つの乳房が露出した。

「おっ、おおっ！」

思わず目を見開くほどの美乳だった。

着物の下にブラジャーをつけないというのは本当らしい。つきたての餅を思わせる滑らかな肌が、魅惑的な膨らみを形成している。紅色の乳首は硬くなっており、まるで愛撫を求めるように突出していた。

「裕太先生に見られただけで熱くなってしまいます」

百合恵は見せつけるように身をよじり、自分で乳房を揉みしだく。指がズブズブ沈みこみ、しっとりと柔らかい膨らみが簡単に形を変えた。

「もっと見てください」

見られることで興奮するのか、それとも裕太を煽って楽しんでいるのか。おそらく、その両方だろう。彼女は視線を感じることで昂り、ますます乳首を尖り勃たせた。

「わたくしのこと、はしたないと思いますか？」

さらに百合恵は着物の裾を摘み、ゆっくり持ちあげはじめる。やはりパンティは穿いておらず、秘毛に覆われた股間が露わになった。

「なっ……」

もはや言葉にならない。こんな事態はまったく想定していなかった。

恥丘は肉厚でふっくら膨らんでいる。そこに猫毛を思わせる漆黒の陰毛が、小判形に生え揃っていた。真由美のようにデルタ地帯を埋め尽くしているのではなく、男に見られることを前提として綺麗な形に整えてあった。

太腿は肉づきよくむちむちしており、ふくらはぎから足首にかけてはすらりとしている。真由美よりも脂が乗っていて、今がまさに完熟期といった感じの女体だ。白足袋を穿いたつま先が微かに内側を向いているところに、消えることのない羞恥を感じた。

(百合恵さんが、まさか……)

貞淑な未亡人だと思っていたのに、自分で乳房を晒して腰をよじっている。意外すぎる展開が、裕太の脳髄を完全に沸騰させていた。

「お、俺……俺……」

もう射精したくてたまらない。屹立したペニスの突端からは、濃厚な匂いのする汁が糸を引いて滴り落ちていた。

「百合恵さんっ」

吊られた体を揺らして呼びかける。すると、彼女は指先で摘んでいる着物の裾を帯に挟みこんで、熟れた尻を向けてきた。

「わたくしも我慢できなくなってしまいました」

右手を後方に伸ばして、男根をしっかり摑んでくる。そして、切っ先を臀裂へと誘導しながら、尻を突き出す格好で後退してきた。

「うッ……」

亀頭が陰唇に密着する。裕太は両腕を吊られている状態なので動けない。百合恵は少しずつ後退して、ペニスをじわじわと呑みこんでいく。

「おッ、は、入る……おおッ」

「ああッ、来るわ、裕太先生の大きいのが、はああッ」

百合恵の声が、離れの壁に反響する。亀頭がずっぷり埋まると、さらに尻を突き出し、あっという間に肉竿を根元まで咥えこんだ。

「おううッ、こ、こんなことが……」

これは立ちバックという体位だ。まさか自由を奪われた状態で、セックスすることになるとは思いもしない。見おろせば着物を乱した未亡人が、白い双臀を必死に突き出していた。

「はああンッ、あったかくて気持ちいいです」

百合恵は掠れた声でつぶやき、腰をゆったり前後に動かしている。まるで、媚肉でペニスを味わうように、スローペースで抽送していた。

「最近、こけししか挿れてなかったから……ああっ、やっぱり生がいいわ」

女壺の隅々で男根を感じたら、尻たぶをぴったり押しつけた状態で円を描くように回転させる。時間をかけてたっぷり楽しむと、今度はスピードをあげたピストンで責めたててきた。

「ああッ、ああッ、まだ出したらダメですよ」

「くうッ、き、気持ちいいっ」

射精感の波が次々と押し寄せてくる。奥歯を食い縛って耐えるが、そう長いこと持ちそうにない。このままでは、彼女を満足させることはできなかった。

「おおおッ、おおおおおッ！」

なんとかペースを奪おうと、吊られた体で腰を振りはじめる。全身を波打たせるようにうねらせて、股間をグイグイと突き出した。

「ああッ、せ、先生？　あああッ」

百合恵が驚いた瞳で振り返る。この状況で裕太が腰を振るとは思っていなかったらしい。思いがけない反撃に合い、膣をキュウッと収縮させた。

「くおおッ、き、きついっ」

快感が大きくなるから、なおのこと腰振りに力が入る。裕太は全身の毛穴から汗を噴きださせながら、全力でペニスを突きこんでいった。

「はああッ、あああッ、いいっ、すごくいいですっ」

百合恵も腰を振りまくり、愉悦が一気に高まっていく。離れのなかには淫臭が充満して、裕太の呻き声と百合恵の喘ぎ声が反響している。二人は獣になり、息を合わせてエクスタシーの急坂を駆けあがった。

「も、もうダメだっ、出ちゃいますっ、おおおッ、ぬおおおおおおッ！」

凄まじい快楽の波に呑みこまれた。根元まで叩きこんだタイミングで、ついに反り返った男根が女壺のなかで跳ねまわる。沸騰した粘液が噴きだし、敏感な膣粘膜を灼きつくしていった。

「ひあああッ、い、いいっ、イクっ、イクイクっ、はぁあああああああッ！」

百合恵は双臀を押しつけると、男根をすっかり咥えこんだ状態でアクメの嬌声を響かせる。太幹を思いきり締めつけながら、まるで感電したように全身をガクガク痙攣させた。

またしても、生徒の母親と関係を持ってしまった。

本当にこれでいいのだろうか。頭の片隅でそう思いながらも、未亡人の女壺の感触に溺れていた。

第三章　先輩の特別講習

1

翌日も二宮家での授業だった。

昨日のことを思うと、複雑な気持ちになってしまう。

百合恵に縛られて愛撫された上に、セックスまでしてしまった。あまりにも衝撃的な体験は、まだ生々しく全身を痺れさせていた。

決して嫌な記憶ではない。

ただ、あんなことをしてよかったのだろうか、という気持ちはある。家庭教師もサービスが大切だと言われていたが、さすがにやりすぎてしまった感は否めなかった。会社が求めるサービスは、ああいうものであるはずがない。裕太の胸にあるのは後悔の念ばかりだった。

「裕太先生、お待ちしておりました」

百合恵は何事もなかったように、柔らかい笑みで迎えてくれた。

やはり、この日も淑やかな和服姿だった。水色地に藤の花柄の着物が、落ち着いた雰囲気の彼女に似合っていた。

しかし、見た目からは想像がつかないほど、好色な女性だということを知ってしまっている。普段の仕草が楚々としているからこそ、欲望を解放したときのギャップは大きかった。

授業の合間、百合恵はお茶を持ってきてくれた。そして、文机を覗きこむ振りをして、身体を密着させてきた。

「お勉強、進んでますか？」

「は、はい、理科を……」

「あら、人体のしくみ、ですか。先生の得意分野かしら」

そんなことを言いながら、乳房を二の腕に押しつけたり、太腿に手を置いたりしてくるのだ。股間が熱くなってペニスが頭をもたげたが、今日はスパッツを重ね穿きしてきたので、なんとか誤魔化すことができた。

肝心の授業は、まだお試しコースだが手応えがあった。拓真がやる気を出してくれて、問題集に取り組んでくれた。

勉強の後は庭に出て、約束していたサッカー特訓だ。裕太が持参したサッカーボールでパス練習をした。

拓真は予想どおり運動が苦手で、空振りや尻餅を連発していたが、それでも楽しそうにプレイしていたのが印象的だった。ひとりっ子で父親がいない彼には、こういう時間が必要だったのだろう。なにより、子供らしい溌剌とした表情を見せてくれたのが嬉しかった。

「先生、またサッカー教えてね」

練習を終えると、拓真は汗だくの顔でそう言ってくれた。その瞬間、なぜか胸が熱くなり、危うく涙をこぼしそうになった。

裕太たちがサッカーをしている間に、百合恵が夕飯を用意してくれた。焼き魚に味噌汁、それに肉じゃがという家庭的な料理だ。ひとり暮らしをしている裕太にとって、手料理ほどありがたいものはない。しかも、味付けが絶妙だったので、幸せな気分に浸ることができた。

この日、百合恵が誘ってくることはなかった。二宮家を辞去すると、安堵と落胆が同時に襲ってきた。頭ではいけないこととわかっていながら、快楽を教えこまれた体が期待していたのだろう。

　正式に契約してもらえれば、また離れに誘われる日が来るかもしれない。そのときは、毅然とした態度で断れるだろうか。いや、あの快楽を思い出すと、拒絶できる自信はない。保護者へのサービスと称して、誘いに乗ってしまう自分が容易に想像できた。

　会社に戻ったときにはぐったりしていた。何事もなかったが、精神的に疲れきっていた。

「慣れるまでは大変だけど、ここを乗り切れば楽になるから」

　亜矢子が声をかけてくれたのが救いだった。

「はい、がんばります！」

　空元気を出して、報告書の作成に取りかかる。憧れの人が声をかけてくれたのだ。疲労は蓄積していたが、いくらでもがんばれる気がした。

　しばらくすると、先輩家庭教師たちが次々と戻ってくる。この日もみんな疲れた顔をしており、かなり体力を消耗している様子だ。それでも、慣れた様子で報告書を作成して、どんどん退社していった。

　亜矢子は大抵最後まで残っているのだが、今日はなにか用事があるらしい。詩織に戸締まりを頼むと、早々に帰っていった。

「はぁ……」

無意識のうちに溜め息を漏らしていた。

支店長が帰ったことで、気が抜けてしまった。亜矢子がいることで、気が張っていたらしい。彼女の存在の大きさに、今さらながら気づかされた。

「溜め息はダメよ」

声をかけられて顔をあげる。いつの間に歩み寄ってきたのか、詩織がすぐ隣に立っていた。

「あっ、す、すみません」

自然と背筋が伸びて、だらけていた表情が引き締まった。

研修期間中、彼女に指導してもらっていたため条件反射で体が反応する。裕太にとって、詩織は先輩であると同時に教育係の先生でもあった。

「どうしたの？　元気ないじゃない」

「そ、そんなことないですよ」

慌てて取り繕うが、彼女はまじまじと目を覗きこんできた。

濃紺のスーツに身を包んだ詩織が、少し前屈みになって顔を近づけてくる。二つ年上とは思えないほど可愛らしい顔立ちだ。セミロングの黒髪が肩先で揺れて、ふわっと甘い香りが漂ってきた。

「疲れてるのね」

「いえ、俺なんて、全然……みなさんのほうが」

ろくな授業ができていないのに、生徒の母親と関係を持ってしまったのだ。疲れたなどと言える立場ではない。悩みは大きいが、そんなことを口に出せるはずもなかった。

「無理をしないでいいのよ。疲れるのは真面目に仕事をした証拠なんだから」

詩織の言葉はどこまでもやさしい。だからこそ、余計に後ろめたかった。根本的な疲労の原因は、本来の仕事以外のところにあるのだから。

「報告書を作ってるの？」

「もうできました。今は明日の授業の準備です」

明日も二宮家を訪問する予定になっている。拓真は勉強ができるので、こちらもしっかり予習をしておく必要があった。

「じゃあ、飲みに行きましょう」

詩織が軽い調子で誘ってくれる。予期せぬ言葉だったので、一瞬聞き間違いかと思った。

「気分転換に、一杯どう？」

「でも、授業の準備が……」

「それは明日でもできるでしょ。残業すればいいってものじゃないわ。リフレッシュすることも大切なの。ほら、もう誰もいないでしょ」

そう言われて見まわすと、確かに事務所内はがらんとしていた。残っているのは詩織と自分だけだった。

「ね、行くわよ」

詩織の声はあくまでも明るい。裕太の様子がおかしいことに気づいて、元気づけてくれるつもりなのだろう。自分も疲れているはずなのに、彼女の気遣いが嬉しかった。

2

詩織が連れていってくれたのは、駅の近くにある居酒屋だった。

「こういうお店、よく来るんですか？」

ボックス席に案内されて、ジャケットを脱ぎながら話しかけた。

仕事帰りのサラリーマンが立ち寄るような気軽な感じの大衆店だ。先輩とはいえ愛らしい顔立ちの彼女と、タバコの煙がもうもうとたち籠める親父っぽい店内の雰囲気が、今ひとつ重ならなかった。

「年上の人と飲むことも多いから」

「へえ……」

詩織はさらりと言ったが、「年上の人」とはいったい誰だろう。会社の上司や先輩なら、そう言えばいいはずだ。そんな小さなことが気になるのは、詩織に多少なりとも興味を持っているからだろうか。

脱いだジャケットをハンガーにかけて、壁のフックに戻したときだった。

「あ、なにか落ちたわよ」

詩織がしゃがみこんで、白いものを拾いあげた。

彼女もジャケットを脱いでおり、純白のブラウス姿になっている。身を屈めた瞬間、背中にブラジャーのラインがうっすら見えてドキリとした。

「えっ、これって……」

詩織が手にしているのは白い封筒だった。表書きを見て、なぜか動きをとめていた。

「なんですか、それ?」

受け取って確認すると、今度は裕太が固まった。

封筒には汚い文字で「退職願」と書かれていた。そう、それは昨日の朝、裕太が思い余ってしたためた辞表だった。ジャケットの内ポケットに入れたままになっていて、それが落ちてしまったのだ。

「裕太くん、辞めるつもりなの？」

詩織が驚いた顔で尋ねてくる。なんとか声は抑えていても、動揺は隠しきれていなかった。

「ち、違います、これは、その、違うんです」

裕太は慌てて否定するが、焦りばかりが先に立ってしまう。

「勢いで書いてしまったっていうか……辞めようと思ったのは事実ですけど、今はもう辞める気はありません」

右も左もわからない裕太を丁寧に指導してくれたのは詩織だった。それなのに、わずか数日で辞めたらいい気はしないだろう。

「じゃあ、これは？」

「もういらないです。俺、この仕事、ずっとつづけるつもりですから」

「それならいいんだけど、ちょっと驚いちゃったから」

詩織は肩から力を抜くと、柔らかい笑みを浮かべた。

まずいものを見られてしまった。詩織は余計な心配をしていないだろうか。とにかく、四人掛けのボックス席に向かい合って腰かける。ビールとつまみをいくつか注文すると、気を取り直して乾杯した。

「ああっ、やっぱり仕事の後のビールは美味しいね」

中ジョッキを手にして、詩織が嬉しそうに目を細める。職場を離れてリラックスしているせいか、なおのこと表情が幼く見えた。

(詩織さんって、彼氏とかいるのかな?)

ふとそんなことが頭に浮かぶ。言葉を交わす機会は多いが、プライベートのことはまったく知らなかった。

「裕太くんって恋人いるの?」

「はい?」

今まさに自分が思っていたことを逆に質問されて、ドキリとした。

彼女は心を読めるのだろうか。いや、二人の相性がいいのかもしれない。だから、考えていることがわかってしまうのではないか。

(ん？　待てよ……)

自分の考えに興奮して、身体がカッと熱くなった。

もしかしたら、告白されるのではないか。恋人のことも聞いてきたし、年も近いし。瞬時に妄想がひろがり、胸の鼓動が一気に速くなる。最初からそのつもりで、飲みに誘ってくれたのではないか。

（そうか……そうだったのか）

もちろん、女性に告白された経験などない。顔がにやけないように、懸命に頬の筋肉を引き締めた。

亜矢子のことが脳裏を過《よ》ぎるが、彼女は既婚者だ。どんなに憧れても、結ばれることのない運命だった。

「こ、恋人はおりません。ぼ、募集中です」

緊張しながらも、はっきり伝えた。思いきって「募集中」と付け加えたことで、告白しやすい空気を作ったつもりだった。

「わたしもいないの」

詩織がぽつりとつぶやいた。

（き、来たっ、やっぱり間違いない！）

テーブルの下で小さく拳を握りしめる。そして、静かに息を吐きだし、いつ告白されてもいいように気持ちを整えた。

「それなら、恋人は作らないほうがいいわね」

「……ん？」

意味がわからず、きょとんとしてしまう。彼女の口から出てきたのは、期待していた言葉ではなかった。

「この仕事をつづけるつもりなら、やっぱり恋愛はむずかしいと思うの」

働く時間帯が一般の人たちとは少しずれているからだろうか。それでも、昼夜が逆転しているわけではないので、なんとかなるような気がした。

「でも、職場内恋愛なら問題ないですよね」

「むしろ、そっちのほうが問題よ」

詩織が即座に言葉を返してくる。なにが問題なのかわからないが、とにかく告白ではないことは確かだった。

（俺の早とちりか……）

まったくもって間抜けな話だ。勝手に期待しておきながら、フラれた気分になってしまう。ひとり相撲とはこのことだった。

ジョッキのビールを飲み干すと、詩織がおかわりを注文してくれた。

「さっきの退職願のことだけど、なにかあったの？」

「ちょっと、いろいろあって……」

「よかったら話してみて。相談に乗るわよ」

やさしい言葉にはっとする。仕事の悩みを聞いてくれるつもりで、飲みに誘ってくれたのだ。

（詩織さんなら……）

彼女は裕太の教育係で、頼りになる先輩だ。どんな話でも受けとめてくれるのではないか。アルコールが入ったこともあり、少々口が軽くなっていた。

「じつは……」

思いきって悩みを打ち明ける。

生徒の母親と、体の関係を持ってしまったこと。しかも、一人ではなく、二人とセックスしたこと。そのうち、最初のお宅とは正式契約を結んだこと。それらの事実を正直に語った。

ただし、童貞だったことは内緒にした。二十二歳まで経験がなかったことを告白するには、まだアルコールが足りなかった。

「俺、最低です……家庭教師失格だと思って辞表を書いたんです」

話しているうちに自己嫌悪がこみあげてくる。つくづく自分は家庭教師に向いていないと思えてきた。

「いい経験になったじゃない」

意外な言葉だった。

毎日フラフラになるほど、真摯な態度で仕事に取り組んでいる詩織だ。裕太の行為は、家庭教師という仕事を愚弄していると思われても仕方ない。叱られることを覚悟していたが、彼女にはまったく怒っている様子がなかった。

「家庭教師はサービス業だもの。大丈夫、少しずつ慣れるから」

やさしく声をかけてくれるが、なにか釈然としない。叱られたいわけではないが、裕太の話を聞いて何か言いたくなるのは当然ではないか。それなのに、彼女はうっすらと笑みさえ浮かべていた。

（なんかおかしいぞ……）

違和感は大きくなるばかりだ。詩織の考えていることがわからない。なにかがずれている気がしてならなかった。

「わたしは、ここのところ毎日だから」

詩織が静かに口を開いた。なにやら様子もおかしい。伏し目がちだが、言葉ははっきりしている。酔ったわけではないだろう。わけがわからないが、アブナイ話だというのは雰囲気でわかった。

「じつはね、わたしも今日、生徒の父親に抱かれてきたの」

一瞬、自分の耳を疑うが間違いない。信じられないことだが、詩織は生徒の父親と関係を持ったという。そして、彼女は頬を赤らめながら、今日あった出来事を話しはじめた。

「山口《やまぐち》さんていう、ご両親が共働きのお宅なんだけど……」

生徒の母親は看護婦で、夜勤の日があるらしい。夜勤のときは、授業が終わる頃に父親が帰宅して、息子はすぐにひとりで風呂に入るのが習慣になっていた。

「それで、わたしと二人きりになると、お父さんは必ず……」

目もとを染めた詩織の口調は、いよいよ熱を帯びていった。


小学校四年生の生徒、山口純也《じゅんや》の父親——山口英伍《えいご》は製薬会社に勤務する生真面目そうな男だった。

年はひとまわり上の三十六歳。絵に描いたような円満な家庭だったが、意外にもあっさり詩織の誘惑に乗ってきた。父親の気持ちを摑んで、サービスを売りこむのが詩織のやり方だった。若いときに遊んでいなかった男ほど、簡単に流されてしまうようだ。一度関係を結んでからは、毎回、濃厚なサービスで骨抜きにしていた。

「詩織先生、今日もお願いします」

息子が風呂に入って二人きりになると、英伍は必ず鼻息を荒らげて詩織に迫ってくるようになった。そして、手首を掴んで夫婦の寝室に連れこむのだ。背徳感が興奮を煽るらしく、夫婦のベッドで交わることにはまっていた。

サイドスタンドだけが灯る夫婦の寝室で、詩織は英伍の胸に身を寄せた。

「今日もたっぷり愛してあげますね」

目を見つめて囁き、いきなり唇を重ねていく。少し強引なくらいに迫ったほうが、英伍が興奮することを知っていた。父親の好みに合わせた女を演じるのも、サービスのうちだった。

「先生のキスは最高ですよ」

「奥さまに怒られても知りませんよ……あふンっ」

男の唇を割り、舌を侵入させる。口内をたっぷり舐めまわしてあげると、下腹部に触れている英伍の股間が硬くなった。

「なんか当たってますよ」

キスをしたまま、彼のジャケットを脱がし、ネクタイをほどいてワイシャツのボタンを外していく。乳首に指を這わせて刺激すると、硬くなったところで唇をかぶせて舐めまわした。

「うくっ、せ、先生」

「これが好きなんですよね？」

「は、はい……ううぅっ」

たったそれだけで、英伍は立っていられないほど膝をガクガク震わせる。ベッドに押し倒して、スラックスとトランクスを奪い取ると、起きあがり小法師《こぼし》のように、屹立したペニスが飛び出した。

「なんですかこれ？　もうビンビンじゃないですか」

「す、すみません」

軽くなじっただけで、彼の顔が真っ赤に染まっていく。

英伍は元来マゾ気質なのだが、本人も気づいていなかった。詩織に開発されたことで、苛められることに目覚めたのだ。妻も知らない彼の性癖を、詩織だけが見抜いていた。

「こんなに大きくしちゃって……エッチなんですね」

もはや完全に詩織のペースだった。

見せつけるようにスーツを脱ぎ、ブラウスのボタンをゆっくり外していく。スタンドのぼんやりした光が、より効果的に演出してくれるはずだった。

前がはだけると、英伍好みの純白ブラジャーが露わになる。谷間が陰影を作るように、さりげなく角度を調整した。そして、片脚ずつベッドにあげて、わざと時間をかけながらストッキングをおろしていった。

「せ、先生……」

英伍のペニスはさらに硬さを増し、先端から大量の汁が流れ出した。

「我慢できなくなっちゃった？」

両手を背中にまわしてブラジャーのホックを外すと、双つの乳房が勢いよく溢れだす。白くて染みひとつない滑らかな肌が、お椀を双つ伏せたような膨らみを形作っている。乳首と乳輪は透明感のある淡いピンクだった。

さらに男の視線を意識しながら、パンティもわざと時間をかけてじりじりおろした。そうすることで欲望を煽りたてて、後で与える快感をより大きくする。とにかく、快楽の虜にすることが重要だった。

パンティを両足のつま先から交互に抜き取り、恥じらう素振りで裸体を正面に向けていく。自然な感じに秘毛が茂る恥丘を見せつければ、英伍は両目を大きく見開いた。

「綺麗です……すごく」

「ふふっ、ありがとうございます」

詩織はベッドにあがると、男の脚の間で正座をする。そして、屹立した男根に両手を沿えて、先端に唇を寄せていった。

「ンふっ」

「おうっ！　せ、先生ぇっ」

英伍が情けない声を漏らす。亀頭に口づけしただけで、早くも我慢できなくなったらしい。それならばと、いきなりぱっくり咥えこんだ。

「はむンっ」

「ダ、ダメです、息子の家庭教師なのに……おおおおッ」

毎回、追いつめられると「ダメです」と口走る。女に迫られているシチュエーションで燃えるらしい。首をゆったり振りたててやると、英伍は面白いように悶えはじめた。

「おうッ、おううッ」

「こんな姿、息子さんには見せられませんね……はむっ、あふンっ」

「ううッ、い、言わないでください、くううッ」

いかにも真面目そうな顔を快楽に歪めて、腰を左右にくねらせる。こんな姿を妻や子供が見たら幻滅するだろう。そんなことを考えると、詩織は男のすべてを支配している気になってゾクゾクした。

「あふっ……むふっ……はふンっ」

リズミカルに首を振る。硬直した陰茎を吸引すれば、ついに英伍は情けない声をあげて懇願した。

「ま、待ってくださ……ううッ、先生っ」

「こうされるのがいいんですよね、もっといっぱいしゃぶってあげます」

「くううッ、出てしまいますっ」

ひとまわりも年上の男が必死に訴えてくる。このアブノーマルな状況が、愉快でならなかった。

「そんなに大きな声を出したら、息子さんに聞こえちゃいますよ」

暴発寸前のペニスを吐き出し、手筒でゆるゆるしごきあげる。英伍は尻をシーツから浮かせるが、まだ射精するほどの快感は与えない。寸止めを繰り返すことで、後で与える愉悦がより大きくなるのだ。

「せ、先生……詩織先生ぇ」

いい年をした英伍が、今にも泣きそうな声を出して腰を振る。サイドスタンドの弱々しい光のなか、妻子ある男が快楽を求めて身をよじっていた。

「英伍さんって、ほんとエッチなんですね」

詩織はまたしても支配欲を刺激されて、股間をぐっしょり濡らしながら、男の股間にまたがった。両足の裏をシーツにつき、和式便器で用を足すときのような格好だ。女がはしたない姿を晒すことで、英伍は興奮する質《たち》だった。

「そんないやらしい格好をして……」

「挿れてもいいですか？」

太幹の根元を持ち、先端を膣口に触れさせる。だが、すぐには挿入しない。濡れた花弁で亀頭をなぞり、とにかく限界まで焦らしまくった。

「も、もう、挿れたいです」

「でも、ここって夫婦のベッドですよね」

「い、いいから、早く」

英伍は快楽を求めて全身をヒクつかせている。なんとか挿入しようと股間を突きあげてくるが、すっと腰を浮かせて簡単には許さない。挿れたくてたまらないのに、英伍に女を押し倒す勇気はなかった。

「やっぱりここじゃ、奥さまに悪いかな？」

「そんな……お、お願いします、挿れてください」

涙声で懇願されて、先端をほんの数ミリだけ埋没させる。二枚の花弁の間に、亀頭を密着させた程度の浅い挿入だった。

「おおッ、おおおッ」

英伍の唸り声が大きくなる。女陰に触れているだけで顔を真っ赤にして、爆発寸前まで昂っていた。

「い、挿れて、は、早く、ううウッ」

「本当にいいんですか？」

「詩織先生っ、もう苛めないでっ」

英伍が涙目になって懇願してくる。これ以上焦らすと、本当に涙を流しそうだった。

「ふふっ、じゃあ、挿れてあげます」

ゆっくり膝を折り、尻を落としこんでいく。膣口にあてがっていた亀頭が、ズブリッと女壷のなかに侵入してくる。内側に溜まっていた愛蜜が溢れだし、ペニスをしっとり濡らしていった。

「おううッ、き、気持ちいいっ」

今にも達しそうな声をあげて、英伍が腰を突きあげる。男根がさらに嵌《はま》りこみ、カリが膣壁を抉り立てた。

「はああンっ」

思わず喘ぎ声が漏れてしまう。男を責めることが、これほど興奮するとは知らなかった。英伍を相手にするようになり、詩織も新たな世界に踏みこんだ。こうして、男の上で腰を振ることが楽しくて仕方なかった。

「あンっ、気持ちいいですか？」

「は、はい、ううウッ」

「ふふっ、わたしも……あっ……あっ……なかで擦れてる」

乳房が大きく波打ち、英伍が誘われるように手を伸ばしてくる。下からそっと手のひらをあてがい、柔肉に指を沈みこませてきた。

「おおッ、柔らかいっ」

「奥さんのおっぱいと、どっちが柔らかいですか？」

「そ、それは……」

英伍が言い淀む。妻のことを聞かれると、罪悪感が刺激されるらしい。それでいながら、興奮しているのは丸わかりだった。

「オチ×チン、ピクピクしてますよ」

ゆったり腰を振り、ペニスの形を女壺で感じる。男の興奮度合いを示すように、なかで肉柱が震えているのがわかった。

「今度答えなかったら、抜いちゃいますよ。わたしと奥さんのおっぱい、どっちのほうが好きですか？」

「せ、先生のほうが……す、好きです」

言った直後、ペニスがグンッと膨張する。妻を裏切る言葉を口にしたことで、昂っているのは明らかだった。

「先生っ、ううッ、先生っ」

英伍の鼻息が荒くなる。尖り勃った乳首を指の股に挟みこみ、好き放題に揉みしだかれた。少し強すぎるが、乳首を刺激されるのはたまらなかった。

「ああっ、そ、それ、あああっ」

「くううッ、もう出ちゃいますっ」

「まだダメよ、ああンっ、我慢してね」

クリトリスを擦りつけるように、腰を前後にうねらせる。男根がヌプヌプ出入りして、快感曲線が急激に上昇した。

「はああッ、い、いいっ、英伍さんもいいの？」

「うッ、ううッ、気持ちいいですっ」

「奥さんより？　ねえ、奥さんよりもいいの？」

腰を振りながら問いかける。サイドスタンドの明かりが、快感と背徳感の狭間で歪んだ英伍の顔を照らしていた。

「い、いいです、妻よりいいですっ」

彼の声が引き金となり、女壺が思いきり収縮する。ペニスをギリギリ絞りあげて、腰の動きもターボがかかったように加速した。

「はああッ、いいっ、あああッ」

全力で腰をしゃくり、股間をこれでもかと擦りつける。硬直した肉棒をしごきあげて、媚肉も小刻みに震えはじめた。

「うおッ、もうダメですっ、おおッ、おおおおおおおおッ！」

突然、英伍が呻き声を迸《ほとばし》らせる。全身を思いきり硬直させて、女壺に埋まったペニスが脈打った。

「あああッ、英伍さんっ、はあああッ、いいっ、あぁあああああああッ！」

巻きこまれる形で、詩織も絶頂に昇り詰める。膣の奥に精液を浴びせかけられて、夫婦の寝室によがり泣きを響かせた……。


「たっぷりサービスするから、いつもフラフラになっちゃうの」

詩織は悪びれた様子もなく告白した。

（まさか、そんな……）

なにも言葉を返せない。裕太は頬の筋肉をひきつらせて絶句した。詩織が生徒の父親と関係を持っているとは驚きだった。

家庭教師をやっていると、父兄と関係を持ってしまうことはよくあるのだろうか。だから、あなたも気にすることはないと言いたいのだろうか。信じられないが、冗談を言っている顔には見えなかった。

「結局のところ、家庭教師も体力勝負なのよ。健康管理はしっかりしないとね」

「は、はい……うっ」

股間に違和感を覚えた。

ペニスがこれでもかと屹立しているのに、スパッツを重ね穿きしているのに、スラックスの前には大きなテントができていた。

(や、やばい！)

かつてないほどの勢いで勃起しており、サポート力の強いスポーツ用のスパッツすら突き破りそうだった。衝撃的な話にショックを受けながらも、男根を大きく膨らませていた。

皮が完全に剝けて、ボクサーブリーフの内側で亀頭が擦れている。スパッツを穿いているため、なおのこと摩擦感が強かった。少し下肢を捩《よじ》らせるだけで、痺れるような快感がひろがった。

「くううっ」

こらえきれない呻き声が溢れてしまう。焦れば焦るほど、ペニスがいきり勃っていく。もうこうなってしまったら、勃起を鎮めることはできない。額に汗を浮かべて、ばれないことを祈るのみだった。

「裕太くん、ちょっと聞いてる？　さっきからもぞもぞして」

詩織が怪訝そうな顔で見つめてくる。まずいと思ったときには、テーブルの上にぐっと身を乗りだしてきた。

「ウソ……」

彼女が息を呑むのがわかった。股間のテントに気づかれて、裕太は思わず肩をすくめた。

「人が真面目に話してるのに、そんなに大きくして」

「す、すみません……」

もう誤魔化しようがない。謝るしかなかったが、ガチガチに勃起させている状態では説得力がなかった。

3

十数分後、裕太は駅の裏にあるラブホテルの一室にいた。

気まずい雰囲気のまま居酒屋を出ると、詩織が無言で手を握ってきた。裕太はなにも言えず、勃起が収まらないペニスを気にしながらうつむき加減についていった。

どれくらい歩いたのだろう。緊張していたので時間の感覚がわからない。気づいたときには、どちらからともなくラブホテルに足を踏み入れていた。

（どうして、こんなところに？）

なにを隠そうラブホテルに来たのは初めてだ。裕太は戸惑いを隠せず、室内をキョロキョロ見まわした。

ショッキングピンクの照明が、円形の大きなベッドを照らしている。天井は鏡になっていて、バスルームはガラス張りでなかが丸見えだ。部屋の隅には、大人のオモチャの自動販売機が置いてあった。

（ど、どうすればいいんだ？）

裕太は手を握られたまま、ベッドの脇に立ち尽くしていた。彼女の手のひらが若干汗ばんでいるのが生々しかった。

「ほんと言うとね」

詩織がぽつりとつぶやいた。

「わたしも話しながら興奮しちゃった」

「し、詩織さんも？」

「うん……わたしも」

意外な言葉だった。本気で怒っていたわけではなく、半分は照れ隠しだったのかもしれない。

（だとしても、ラブホテルで二人きりになってるってことは……）

よくよく思い返してみると、彼女に手を引かれてラブホテルに誘導された気がした。嫌でも期待感が盛りあがる。ただでさえ勃起しているペニスが、さらに体積を増していった。

詩織は二十四歳とは思えない、幼い顔立ちの女性だ。濃紺のスーツを着ていると、就職活動中の学生にしか見えない。いや、リクルートスーツの女子大生のほうがもっと大人っぽいだろう。

そんな童顔の彼女が、生徒の父親と関係を持ったという。大の男が涙ぐんで懇願するまで焦らし抜いた挙げ句、騎乗位で挿入して腰を振りまくったのだ。

「やっぱり、人に知られるのは恥ずかしいもの」

詩織は頬をぽっと染めあげて、裕太の顔を見つめてくる。そして、握っていた手を離し、ゆっくりスーツを脱ぎはじめた。

「こんなこと、誰かに話したことないんだよ。でも、裕太くんが悩んでたみたいだから」

ジャケットを壁のフックにさがっていたハンガーにかけると、タイトスカートをおろして脚から抜き取った。

「だって、わたしは裕太くんの教育係だから」

はにかんだ笑顔が愛らしい。小悪魔とは、詩織のような女性のことを言うのだろう。さらに彼女はナチュラルカラーのストッキングを、くるくる丸めるようにしながら脱いでいった。

（おおっ……）

裕太は腹のなかで唸り、喉仏をグビリッと上下させた。

白いブラウスの裾が股間を隠している。太腿の付け根が、ギリギリ見えないところがもどかしい。すらりとした生脚が、どぎついショッキングピンクの光に照らされていた。

「さっき話してるとき、わたしも濡らしてたの」

詩織は掠れた声でつぶやき、熱い眼差しを送ってくる。そして、瞳で「裕太くんも脱いで」と語りかけてきた。

「し、詩織さん……」

戸惑いはあるが、理性で抑えきれないほど興奮している。裕太も急いで服を脱ぎにかかった。スパッツとボクサーブリーフもまとめておろすと、野太く成長した陰茎が飛び出し、同時に濃厚な牡の芳香が溢れだした。

「あンっ、すごい」

太幹を目にした途端、詩織の瞳が輝きを増すのがわかった。

「ああ、男の人の匂いがする」

うっとりした様子で大きく息を吸いこんだ。男性器の香りが好きなのか、瞳をとろんと潤ませていた。

「シャワーは浴びなくていいよね。匂いがするほうが興奮するでしょ?」

「か、嗅ぎたいです」

詩織のように綺麗な女性の匂いなら嗅いでみたい。股間を見つめられて恥ずかしいが、それでもこっくり頷いた。

「ふふっ、やっぱり匂いが好きなのね。なんとなくわかっちゃうの。でも、これはわからなかったな、裕太くんって、見かけによらずアソコが大きいのね」

「なんか……すみません」

「謝ることないのよ。すごく興味あるな。裕太くんがどんなエッチするのか」

期待に瞳を輝かせながら、円形のベッドに腰かける。ブラウスの裾がずりあがり、ぴっちり閉じた太腿の付け根から白いパンティがチラリと覗いた。

(おっ! み、見えたっ)

全身の血液が一瞬にして沸きたった。

完全に見えていないところが興奮を掻きたてる。毎日、顔を合わせている先輩のパンティだと思うと、なおのこと価値があるものに感じられた。

「わたしのこと、好きにしていいのよ」

「俺が……詩織さんを？」

「たまには、してもらいたいの」

囁くような声だった。生徒の家では父親にサービスしているが、受け身も嫌いではないらしい。詩織は期待の籠もった瞳で、先端から涎を垂らす男根を見つめていた。

「あの、俺……じつは、あんまり経験がなくて……」

百戦錬磨の彼女を満足させる自信がない。途中でがっかりされるより、先に告白しておいたほうがいいと判断した。

「やっぱりそうなのね。初心《うぶ》そうだなと思ってたの。じゃあ、いろいろ教えてあげる。家庭教師の仕事はサービスが命だもの」

やさしげな笑みを浮かべる彼女が、天使のように映った。

「い、いいんですか？」

「特別講習よ。わたしは裕太くんの教育係でしょ」

さすがに詩織先輩だ。もう研修期間は終わっているのに、裕太のために特別講習を開いてくれるという。そういうことなら、遠慮するほうがかえって失礼だ。

裕太は彼女に迫ると、女体をベッドに押し倒した。

「あンっ、やさしくしてね。強引なのは嫌いじゃないけど、女の子を怖がらせたらダメよ」

「は、はい」

「じゃあ、脱がしてくれる?」

詩織がすぐ近くから見つめてくる。仰向けになっている彼女に、添い寝をするような格好だった。

「では……し、失礼します」

先輩のブラウスのボタンに指をかける。女性の服を脱がすのなど初めてだ。しかも、相手が教育係の詩織先輩だと思うと、緊張のあまり指先が震えて上手くいかなかった。

「焦らなくて大丈夫。ゆっくりでいいのよ」

安心させるように囁いてくれる。だから、裕太は時間をかけて、ひとつずつゆっくり外すことができた。

ブラウスの前を左右に開くと、純白のブラジャーが見えてくる。寄せられた乳房の谷間を、ショッキングピンクの光が照らしていた。

「おお……」

あまりの絶景に言葉を失ってしまう。ペニスはさらに反り返り、先端から新たな汁を噴きこぼした。

「ブラも取って」

詩織も昂っているのか瞳が潤んでいる。ブリッジをするように、背中をほんの少し浮かせてくれた。すかさず左右から手を滑りこませてホックを探る。散々苦労して、ようやくホックを外した。

「あんっ」

彼女の小さな声と同時に、解放された乳房がまろび出る。カップを押しのけるようにして、張りのある双つの柔肉が溢れだした。

「こ、これが、詩織さんの……」

思わず仰け反るほどの迫力だった。

瑞々しい美乳が、まさに目と鼻の先で揺れている。幼さの残る顔からは想像がつかない、日本人離れした円錐形の乳房だ。乳輪も大きめで、乳首は小指の先ほどもあった。

「おおおっ！」

見れば見るほど牡の本能が刺激された。

乳房の大きさと反比例するように腰はしっかりくびれている。そのくせ、パンティに包まれた尻は大きく張り詰めていた。

(なんて、いやらしい身体なんだ)

純朴そうな濃紺のスーツの下に、これほどのダイナマイトボディを隠していたとは驚きだ。この身体を見せつけられたら、生徒の父親たちが理性を失うのもわかる気がした。

「下も……お願い」

詩織が恥ずかしげに囁いてくる。これだけの裸体を晒しながら、目もとを染めるのだから、普通の男など太刀打ちできるはずがない。どんな朴念仁《ぼくねんじん》でも、一瞬で彼女の虜になるのは間違いなかった。

裕太は何度も唾を飲みくだし、詩織の腰に手を伸ばしていく。パンティのウエストに指をかけると、ゆっくりめくりおろしていった。

「うおっ！」

秘毛がむわっと溢れだし、またしても唸ってしまう。自然な感じで密生しており、なにやら磯のような香りが漂ってきた。

「んんっ……いやらしい匂いだ」

大きく息を吸いこむと、頭のなかが燃えるように熱くなった。

パンティをつま先から抜き取り、ついに詩織は一糸纏わぬ姿になる。先輩の家庭教師を、自分の手で全裸に剝いたのだ。背徳感がつきまとうことで、なおさら気分が盛りあがった。

「裕太くん……」

詩織が両手を伸ばしてくる。キスをねだる仕草だと悟り、裕太は吸い寄せられるように唇を重ねていった。

「ンっ……はンンっ」

彼女は睫毛を伏せて、微かに鼻を鳴らした。そして、すぐに唇を半開きにしてくれる。舌を挿れるように誘っているのだ。

「詩織さん……うむぅっ」

恐るおそる舌を侵入させると、彼女の舌が絡みついてくる。ヌルヌルと粘膜を擦り合わせて、やさしく吸いあげてくれた。

（ああ、詩織さんとキスしてるんだ）

そう思うだけで、快感がどんどん大きくなる。手が勝手に動いて、乳房を揉みあげていた。

「はンンっ、そっとね、こんな感じで」

詩織が手のひらを重ねて、いっしょに動かしてくれる。壊れ物を扱うつもりで、ゆっくりゆっくり揉みしだいた。

「上手よ、乳首も触ってみて」

彼女の囁く声に導かれて、柔肉の先端に指を滑らせる。乳輪をくすぐるようにそっとなぞり、ぷっくりした乳首を摘みあげた。

「ああっ」

途端に女体が仰け反り、香しい吐息が溢れ出す。詩織は潤んだ瞳を向けて、さらなる愛撫を求めてきた。

「つづけて、もっと」

「これで、いいんですか？」

もう片方の乳房もゆったり揉んで、グミのような乳首をそっと摘む。クニクニと転がせば、彼女の反応はなおのこと顕著になった。

「あっ……あっ……次は、こっちも……」

詩織は裕太の手を掴むと、我慢できないとばかりに自分の股間に導いた。手のひらが秘毛に重なり、指が太腿の隙間に滑りこむ。中指の先に、熱くて柔らかいものがヌチャッと触れた。

「あンンっ」

「す、すごい、もうこんなに」

まるでお漏らしをしたような状態だ。ぐっしょり濡れそぼって、陰唇は今にも溶けだしそうになっている。鉄板の上で熱したバターのように、とろとろの状態だった。

割れ目に沿って指を動かしてみる。華蜜のヌメリを利用して、カタツムリが這うような速度で愛撫した。

「ンっ……あンっ……い、いい」

詩織が喘ぎながらつぶやき、腰を左右に揺らしはじめる。焦れるような軽い刺激が、焦燥感を煽っているのだろう。愛蜜の量は瞬く間に増えて、尻穴のほうに流れていった。

「裕太くん、ほんとに上手」

眉が八の字に歪んで悩ましい表情になっている。快感をこらえながらも、さらなる刺激を欲していた。

「指……挿れて」

「い、いいんですか？」

考えてみればこれまで女性器に指を挿れたことなどない。緊張して聞き返すが、彼女は潤んだ瞳で「早く」と促していた。

「で、では……」

花弁の狭間を探り、窪んだ場所に中指の先端を押しつける。慎重に少しずつ力をこめると、膣口に指先が嵌りこんだ。

「はうッ！　そ、そこ……ゆっくり」

女体がビクッと反応した。さらに指をじわじわ沈みこませると、膣襞がいっせいに絡みついてくる。熱くて柔らかい無数の襞が、指を奥にひきずりこむように波打った。

「おおっ、すごいですよ」

強烈な締まり具合だ。もし、これがペニスだったら、あっという間に射精しているだろう。うねる襞の感触に陶然としながら、いきり勃っている男根をヒクつかせた。

「はンンっ」

背筋が仰け反り、綺麗なアーチを描き出している。詩織はいつしか脚を大きく開いて、媚肉を小刻みに痙攣させていた。

（わっ……わわっ！）

そのとき、指が埋まった部分がはっきり見えて動揺する。逆三角形に整えられた陰毛がそよぎ、濡れ光る紅色の陰唇の間に、自分の指がずっぽり根元まで埋まっていた。真由美や百合恵よりも色が鮮やかで、プルンッとした二枚の花弁が印象的だった。

（俺の指が、詩織さんのなかに……）

目をカッと見開き、鼻の穴を膨らませながら出し入れしてみる。すると、花弁が意思を持った生き物のように蠢いた。

「ああンっ、いい、はあンっ」

「ま、また締まってきました」

震える声で報告すると、彼女は切なげな瞳で見つめてくる。そして、熱い吐息とともに語りかけてきた。

「ねえ……オモチャ、使ったことある？」

「い、いえ」

「じゃあ、特別講習のカリキュラムに加えないとね」

新たな提案に、またしても期待感が高まった。

好きな物を買っていいと言われたので、裕太は自動販売機で二千円のピンクローターを購入した。他にも男根を模したバイブや、小さなボールが数珠繋《じゅずつな》ぎになったアナルバイブなどがあったが、初心者《しょしん》には敷居が高かった。

さっそく電池をセットして、試しにスイッチをオンにしてみる。すると、ブブブッという低いモーター音が響き、コードで繋がったウズラの卵大の物体が振動をはじめた。

「おっ、動いた」

実際にアダルトグッズを手にするのは初めてだ。まだ使ってもいないのに、ピンクローターが動いただけで感動していた。

「それを、ここに……」

詩織が大股開きで腰を揺らしている。早く次の刺激が欲しくてたまらないらしい。どぎつい色の照明の下で、はしたなく股間を晒していた。

「い、いきますよ」

振動しているローターを、濡れ光る花びらに近づける。そっと押し当てると、内腿に痙攣が走り抜けた。

「ひンンッ、つ、強いっ」

気をつけたつもりだったが、それでも刺激が強いらしい。いったん離して、今度はなぞる程度に触れさせた。

「ああっ、そ、そうよ、最初はそっと」

「こ、こうですか?」

「あンっ、そう……だんだん強くしていいから」

詩織の童顔が気持ちよさそうに歪んでいる。大股開きで白い内腿を震わせながら、無意識なのか股間をクイクイとしゃくりあげていた。

「いろいろ、動かしてみて……」

「は、はい」

ローターで割れ目をなぞり、より感じる部分を探索する。淫裂の上端にあるポッチに触れた瞬間、女体が感電したように硬直した。

「はンンンンッ！」

どうやら、クリトリスだったらしい。背筋がこれでもかと反り返り、痙攣が股間から全身へとひろがった。

「ひああッ、ダ、ダメっ、あああッ、あひあああああああッ！」

ローターの刺激で、詩織はあっという間に昇り詰めていく。腰を何度もバウンドさせて、あられもないよがり泣きを響かせる。気づいたときには、股間がどろどろに濡れていた。

4

凄まじい絶頂を目の当たりにして、胸の鼓動が異常なほど速くなっていた。

「だ、大丈夫……ですか？」

裕太はローターのスイッチを切ると、詩織の顔を覗きこんだ。

瞳は焦点が合っておらず、四肢を投げだしてぐったりしている。唇は半開きで、ハァハァと喘ぐたびに汗ばんだ乳房が揺れていた。平らな腹部から恥丘にかけて、規則的に波打っているのが艶めかしかった。

「詩織さん？」

「ゆ……裕太くん」

詩織がようやく口を開いた。

まだアクメの余韻のなかを漂っているらしい。どこか遠い目をしており、呂律《ろれつ》が怪しかった。それでも、手を伸ばして、裕太の隆々と屹立したままのペニスに指を絡めてきた。

「ううっ」

軽く握られただけで、先端からカウパー汁が溢れ出す。一日中、興奮の連続なのに、まだ一度も射精していないのだ。もう爆発寸前まで高まっていた。

「やっぱり、すごい……ねえ、後ろから挿れたことある?」

詩織が掠れた声で囁きながら、硬直した男根をゆったりしごいてくる。ひと擦りされるごとに、大量の我慢汁が噴きだした。

「な、ないです」

「じゃあ、後ろからしようか」

裕太の返事を待つことなく、詩織はベッドの上でごろりとうつ伏せになる。そして、ヒップを持ちあげて四つん這いの姿勢を取った。

(詩織さんが、こんな格好を……)

やさしい先輩が、全裸で這いつくばっていた。

大きな乳房がゆっさり揺れている。腰がくびれているため、高く掲げられた尻のボリュームが強調されていた。

(い、いいのか？　バックでしても)

心のなかでつぶやきながらも、彼女の背後にまわりこむ。脚の間で膝立ちの姿勢を取り、たっぷりした双臀を抱えこんだ。

頭をもたげたペニスの先端を、白いヒップの狭間に近づける。陰唇に押し当てて入口を探り、柔らかい部分を見つけると狙いを定めて腰を送りこんだ。

「行きますよ、ふんんっ！」

「あああッ、か、硬いっ」

亀頭がぐっと沈んで、詩織が顎を跳ねあげる。背筋を反らして、両手でシーツを強く摑んだ。

「はああッ、裕太くんっ」

「おおっ、詩織さんっ、おおおっ」

ついに詩織とセックスしてしまった。研修期間からお世話になってきた心やさしき先輩と、人生初のバックで繋がったのだ。

（まさか、詩織さんとこんなことに……）

信じられないことだが、臀裂の狭間に詩織の肛門と結合部分が見えていた。太幹が嵌った膣口の隙間から、透明な華蜜が溢れ出している。軽く動かしただけでも、陰唇がイソギンチャクのように蠢いた。真由美や百合恵よりも締まりが強く、愛蜜の量も多く感じた。男根を絞りあげるように締まり、瞬く間に快感が膨れあがった。

「ううゥッ、こ、こんなにいいなんて」

たまらず呻き声が溢れ出す。奥歯を強く噛みしめて、強引に快感を抑えつけた。ピストンすれば、すぐに達してしまう。獣のポーズを取った詩織の裸体を見おろしているだけでも、全身の血液が沸きたっていた。

（ど、どうすれば……）

いずれにせよ、このままではすぐに限界が来るだろう。なんとかして、彼女を先に絶頂させたかった。

「はンンっ」

詩織が焦れたように腰をよじらせる。ペニスのピストンを欲しているのだ。性感を昂らせているのが、媚肉を通して伝わってきた。

（おっ、これを使えば）

そのとき、シーツの上に転がっていたピンクローターが目に入った。

自分だけでは無理でも、こいつの力を借りればなんとかなるかもしれない。裕太はさっそく拾いあげると、スイッチをオンにした。

ブウウンッ――。

振動をはじめたローターを、彼女の尻穴に近づける。バックから挿入しているので、後ろの穴が丸見えだ。そこも性感帯のひとつであることを、百合恵に責められたので知っていた。

「あひいいッ！」

そっと押し当てた途端、詩織の唇から裏返った嬌声が迸った。

「な、なにしてるの？」

「やっぱり、女の人もお尻の穴が感じるんですね」

「や、やめて、ひいッ、お尻なんて」

詩織が振り返り、怯えたような瞳を向けてくる。その間も、ローターが肛門の襞を震わせていた。

「あうッ、ダ、ダメっ、あううッ」

「大丈夫ですよ。ここも性感帯ですから」

ローターをさらに押しつける。大量に分泌した華蜜が付着しているせいか、裏門は意外にも簡単に異物を受け入れはじめた。

「ひッ、ま、待って、そんなダメよ、ね、ねえ、裕太くん」

懸命に懇願してくる声が、なおさら裕太を駆りたてる。なんとしても、この可愛らしい先輩を追いつめたくなった。

「これ、入っちゃいそうですすよ」

ローターを持つ手に力をこめる。すでに半分ほど埋まり、ついにはニュルッと全体が呑みこまれていった。

「ひううッ！　い、いやぁっ」

女体が硬直したと思ったら直後に脱力した。

どうやら、軽い絶頂に達したらしい。崩れ落ちて頬をシーツに押し当てる。それでも、ペニスが深く刺さっているので尻は高く掲げたままだった。

「なかで動いてるのが、わかりますよ」

尻穴に埋めこまれたローターの振動が、膣道のペニスに伝わってくる。本能にまかせて腰を動かせば、なおのこと快感が大きくなった。

「くおおッ、これはすごい」

「ひうッ、ぬ、抜いて」

昇り詰めた直後で過敏になっているのだろう。詩織がヒイヒイ喘ぎながら訴えてくる。だが、裕太の欲望も限界まで高まっていた。

「お、俺も、もう……ぬううッ」

我慢できずにピストンを継続する。女壺に包まれた快楽に、ローターの振動が加わっているのだ。波状的に押し寄せる愉悦のなかで、自分を抑えることなどできなかった。

「詩織さんっ、おおおッ」

「ひいッ、ダ、ダメっ、両方なんて、ひあぁッ」

口では「ダメ」と言いながらも、腰を激しく振っている。裕太の抽送に合わせて蜜壺を収縮させて、はしたなく快楽を貪っていた。

「くううッ、もう腰がとまりませんっ」

「あひッ、ひいッ、あああッ」

もはや詩織も喘ぐだけになっている。裕太は尻たぶを両手でがっしり掴み、指を食いこませながらペニスを思いきり叩きこんだ。

ラブホテルの一室に、獣と化した家庭教師の喘ぎ声と呻き声が交錯する。ショッキングピンクの光が降り注ぐなか、二人は魂まで蕩けそうな最高の瞬間を求めて腰を振りたくった。

「くううッ、詩織さんっ、も、もうっ、おおおッ、出る出るうううッ！」

「あひいいッ、いい、いいっ、はあッ、またイクっ、イッちゃううううッ！」

裕太がザーメンを放出した直後、詩織もアクメのよがり泣きを響かせる。深く繋がった状態で、二人はほぼ同時に達していた。

彼女の肛門に埋めこんだローターがまだ動いている。射精は長々とつづき、驚くほど大量の精液を注ぎこんだ。

「あううっ、もうダメ……ぬ、抜いてぇ」

詩織はなかば意識を失いながら、全身をガクガク痙攣させていた。

コードを引っ張ってローターを抜くと、尻穴が瞬時にキュッと窄まった。そして、挿入したままの男根がまたしても締めつけられた。

「くううッ」

「はンンっ、い、いや、あああああッ！」

またしても達したらしい。詩織はシーツに頬を押しつけて、唇の端から透明な涎を垂れ流していた。

裕太もすべてを放出して、彼女の隣に倒れこんだ。

ようやく、特別講習のカリキュラムがすべて終了した。

体が鉛のように重く、シーツに沈みこんでいくようだ。目を閉じると、意識がスーッと闇に呑みこまれていった。

第四章　「経験」志願

1

　成り行きで詩織と関係を持ってから、数日が経っていた。

　明け方になってラブホテルを後にするときは、気まずくて目を合わせることができなかった。

　職場でどんな顔で会えばいいのだろう。そう思い悩んでいたが、翌日になると詩織は以前と変わらない様子で話しかけてきた。きっと、お互いに忘れましょう、ということだろう。

　だから、裕太も普通に接するように努力している。とはいえ、彼女と過ごした一夜はあまりにも強烈だった。何度か回想しては、いけないと思いつつオナニーのおかずにしていた。

　ともあれ、彼女との特別講習が役に立ったことは確かだ。あの可愛らしい先輩をヒイヒイ泣かせて、失神寸前まで追いこんだのは自信になった。

あの日から、真由美と百合恵をそれぞれ何度か相手にしているが、どちらも充分に満足させることができている。短期間に集中して関係を持ったことで、各々の性感の違いや悦ばせ方がわかってきたのだ。

（ああ、詩織さん）

この日も授業の準備をしながら、ぼんやり詩織のことを眺めていた。

裕太のデスクから、ちょうど彼女の姿が目に入る。清純そうな顔を見るたび、あの夜を思い出して思考が掻き乱された。

「飯塚くん、ちょっと」

そのとき、亜矢子から声をかけられて、反射的に背筋が伸びた。

「は、はい！」

恐るおそる見やると、なにやら機嫌がよさそうなのでほっとする。勢いよく立ちあがり、憧れの女上司のもとに急いで向かった。

「ずいぶん慣れてきたみたいね」

亜矢子は椅子に腰かけたままデスクから少し離れると、脚をすっと組んだ。

グレーのタイトスカートがずりあがり、黒いストッキングを穿いた太腿がチラリと覗く。腕組みをしたことで、ジャケットを膨らませている大きな乳房が、なおのこと強調された。

「そ、そうでしょうか、自分ではあんまり……」

褒め言葉と取っていいのだろうか。裕太は内心戸惑いながら、あやふやな返事をした。

「前は自信なさげだったもの。家庭教師なんだから、生徒の前では堂々としていないとね」

どうやら、褒め言葉だったようだ。だが、まだまだわからないことばかりで、自分では慣れたと思えなかった。

「こんなに短期間で成長するなんて、なにかあったの？」

「うっ……」

まさか、生徒の母親とセックスして童貞を卒業したとは言えるはずもない。詩織のこともそうだ。社内恋愛が禁止されているわけではないが、きっといい顔はされないだろう。

いや、肉体関係を持ったのは確かだが、恋愛をしているわけではない。だったら、知られても問題ないのではないか。いやいや、そもそも肉体関係を持ったことが問題なのだ。

いろいろ考えて、ひとりで焦ってしまう。そもそも、なにを言うつもりで呼ばれたのだろうか。

「二宮さんから、契約を延長したいという連絡があったわよ」

「え？　それって……」

「正式契約よ。おめでとう」

亜矢子が目を細めて、微かな笑みを浮かべた。

「あ、ありがとうございますっ」

裕太は飛びあがりたい気持ちを抑えこみ、胸の前で小さく拳を握った。

二件目の正式契約だ。一件目のときは意外すぎて呆気に取られたが、今回は違う。拓真は気むずかしいところがあり、自分なりに苦労してコミュニケーションを試みてきた。もちろん、母親とのコミュニケーションにも注力した。その努力が報われた気がした。

「あなたなら、きっとやってくれると思ってたわ」

亜矢子はひとり言のようにしみじみつぶやき、自分の目に狂いはなかったとばかりに頷いている。そんな彼女の姿を目にしたことで、前々から疑問に思っていたことをふと思い出した。

「あの……ずっと聞きたかったんですけど、どうして、この会社に俺が採用されたんでしょうか」

採用試験に落ちつづけて、ダメもとで応募したに過ぎない。ビジョンをいっさい持っていなかったため、面接で志望動機を聞かれても、まともに答えられなかった。苦し紛れに「子供が大好きでして」などと、誰が聞いても一発で嘘だとわかることを言ってしまった。

当然落ちたと思っていたのに、なぜか採用が決定した。じつは、あの採用試験の面接官のひとりが亜矢子だったのだ。

「受かる要素がいっさいなかったと思うんですが……」

「あら、わからないの？」

亜矢子は意外そうな顔をした。今さらなにを言ってるの、と瞳が語っているようだった。

「だって、俺なんて三流大学卒業だし、教員免許だって持ってないし、本当は子供だって好きなわけじゃないし、絶対向いてないと思うんですけど」

つい余計なことまで言ってしまうが、亜矢子はまったく気にしている様子はない。微笑を湛えたまま、まっすぐ見つめていた。

「でも、上手くやってるじゃない」

確かに二件も契約が取れたのは上出来だ。だからといって、決して家庭教師のスキルが高いわけではなかった。

「あなたが、がんばってサービスした結果でしょう？」

「え、ええ……まあ……」

自分なりに努力はした。とはいえ、生徒の母親と関係を持ったことは口に出せなかった。

「詩織ちゃんもわたしが面接したの。人を見る目はあるつもりよ。あなたたちの努力は理解しているわ」

まさか、すべてを見抜かれているのだろうか。

亜矢子は詩織のことも面接して、採用を決定したという。それは初めて聞く話だった。

「彼女は大学時代、テニスをやっていたそうよ。だから、体力があるのね」

まさか体力で選んだわけではないだろう。研修でついていったので、詩織が生徒に信頼されているのは知っている。自分も二年経ったら、彼女のような一人前の家庭教師になれるのだろうか。

「で、話は変わるけど、今日から新しいところね。準備は大丈夫？」

昨日のうちに、新規のお客さまの申し込み書を受け取っていた。しっかり読みこみ、自分なりに準備を整えてあった。

「はい、契約が取れるようにがんばります」

「思いきっていきなさい。まだ若いんだから、失敗を恐れてはダメよ。失敗もいつか糧《かて》になるわ」

支店長に発破《はっぱ》をかけられて身が引き締まる思いだ。

結局、自分がどうして採用されたのかわからないまま、新規の家に向かうことになった。

2

新規のお試しコースの依頼先は、私鉄のとある駅から徒歩十分ほどの場所にあるマンションだった。

外観は綺麗だが、築年数はそれなりに経っているらしい。エントランスにオートロックの自動ドアはなく、誰でも自由に出入りできるタイプだった。エレベーターで三階にあがり、申し込み書に記載されていた三〇五号室のインターフォンを鳴らした。

「本日お伺いすることになっていた家庭教師のウイニングです。わたくし、家庭教師の飯塚裕太と申します」

『あ、はい、少々お待ちください』

瑞々しい声が聞こえてくる。礼儀正しい受け答えに好感が持てた。

しばらくして鉄製のドアが開きはじめる。初めてのお宅を訪問して、一番緊張する瞬間だ。

「お待たせしました」

顔を覗かせたのは、声だけではなく見た目も若い女性だった。

彼女が生徒の姉の川嶋結花《かわしまゆか》に間違いない。申し込み書に姉が応対すると注意書きがあったので、心構えはできていた。結花は二十歳の女子大生、裕太のふたつ年下なのだから若くて当然だった。

「遠いところ、ありがとうございます」

満面の笑みで迎えられてドキリとする。はきはきした感じとマロンブラウンのショートカットがトレードマークの、健康的な女性だった。

　膝丈のレモンイエローのスカートを穿き、猫のイラストが描かれた白いTシャツにグレーのパーカーを羽織っている。胸の膨らみが思いがけず大きいが、あえて視界から外すことで冷静を保ちつづけた。

「初めまして、飯塚裕太と申します。どうか、よろしくお願いいたします」

　名刺を手渡し、丁重に腰を折っていく。

　三回目ともなると、さすがに慣れてくる。相手が年下ということで、それほど構えずに済んだのもよかった。

「狭いところですけど、どうぞおあがりください」

「失礼いたします」

　用意されたスリッパに履き替えると、彼女につづいて廊下を進んだ。

「ここが弟とわたしの部屋です」

　結花はドアの前で立ち止まった。

　２ＬＤＫのマンションで、ひと部屋を姉弟で使っているという。もうひとつの洋室は父親の寝室で、あとは家族団欒のリビングという間取りだった。

「では、さっそく弟さんに――」

「その前にちょっといいですか」

「はい？」

「母が早くに亡くなったものですから、少々わがままに育ってしまって」

結花は弟に会わせるのを躊躇していた。よほどの問題児なのか、裕太に心の準備をさせたいようだった。

生徒は川嶋大輝《だいき》、十二歳の小学校六年生だ。母親は七年前に病気で亡くなっている。そのせいなのか、ここのところ反抗的で困っているという。

父親は長距離トラックの運転手で留守がちなため、亡き母に代わって結花が家事をこなしていた。だから、弟の躾《しつけ》も自分がやってきたのだが、今になって間違っていたのではと不安になっているらしい。

「お勉強もわたしが教えられればいいんですけど、全然、言うことを聞いてくれなくて……」

結花は自信なさげにつぶやいた。

「わたしじゃダメなんです。先生、お願いします」

潤んだ瞳で見つめられて、胸の奥がキュンッとなる。気づいたときには、顔が燃えるように熱くなっていた。

「わかりました」

気分が高揚していた。結花は父子家庭でがんばってきたのだ。遊びたい盛りなのに、自分のことは後まわしにして、家事と弟の世話に明け暮れてきた。そんな彼女の力になってあげたかった。

「川嶋さん、おまかせください」

気づいたときには、彼女の手を両手でしっかり握りしめていた。

「あ……」

結花は驚いたように固まり、裕太の顔を見あげている。手を振り払うことなく、目の下を微かに染めあげていった。

「せ、先生？」

「はい？　あっ、こ、これは、つい……すみません」

慌てて謝罪するが、まだ手は握ったままだ。離さなければと思っても、見つめられると体が動かない。

ガチャッ——。

そのとき、勢いよくドアが開け放たれて、坊主頭の少年が顔を覗かせた。

「なにやってんだよ」

あからさまに不機嫌な声で言うと、ジロリとにらみつけてくる。弟の大輝に間違いない。裕太は慌てて結花の手を離すと、場を取り繕うように愛想笑いを浮かべた。

「こ、こんにちは、大輝くんだね」

「なんだよ、二人ともデレデレしちゃって」

「家庭教師のウイニングの――」

「ふんっ！」

裕太の言葉を遮り、大輝はそっぽを向いてしまう。最悪のスタートだ。授業をはじめる前から生徒に嫌われてしまった。

「こちらは家庭教師の飯塚先生よ。ちゃんとご挨拶しなきゃ」

結花が宥《なだ》めるが、大輝はなにも答えない。怒った顔で腕組みをして、唇を尖らせていた。

「すみません、いつもこんな調子で」

申し訳なさそうに、結花がぺこりと頭をさげる。裕太はこれは大変だぞと思いながら、「いえいえ」と笑顔で応じた。

「元気があっていいじゃないですか。最近の子供は大人しすぎるんです。やっぱり、男の子はこれくらい腕白じゃないと。ははは っ」

結花の手前、理解ある振りをするが、大輝を手懐ける自信はなかった。

「とにかく、お入りください」

促されて部屋に足を踏み入れる。六畳間を二人で使っているため、さすがに狭い。机が二つ並んでおり、二段ベッド、本棚、カラーボックスなどで圧迫された空間となっていた。

「だいちゃん、ほら座って」

結花が椅子を引くと、大輝はむくれながらも席につく。反抗的ではあるが、まるっきり言うことを聞かないわけではないらしい。姉のことを本気で嫌っていたらこうはいかないだろう。

「ちゃんとお勉強するのよ」

「ヤダよ、こんなやつ」

大輝は目も合わせようとしない。どうしても、裕太のことが気に入らないようだった。

「先生にそんなこと言っちゃダメよ」

困り果てている様子だが、結花は決して声を荒らげることはない。あくまでもやさしい口調で諭そうとする。

「ヤダったらヤダ！　お姉ちゃんが教えてくれるなら勉強する」

「そんなこと言って、いつもお姉ちゃんの言うこと聞いてくれないでしょ」

「そいつだけはいやだ」

どうしても勉強したくないらしい。ここまで嫌われてしまったら、もうどうしようもなかった。

「もう、だいちゃん……わがまま、い、言わないで……」

結花の声がふいに震える。驚いて見やると、彼女は目に涙を浮かべていた。振り返った大輝も、はっとしたように目を丸くした。

「わ、わかったよ、やればいいんだろ」

姉の涙を目にした大輝が、急に大人しくなった。

「本当？　だいちゃん、ありがとう」

結花は嬉しそうな声をあげて、弟の頭を胸に抱き寄せた。

「わっ！　な、なにすんだよ」

文句を言いながらも、大輝はされるがままになっている。パーカーから覗くTシャツの乳房の谷間に、坊主頭と真っ赤になった顔が半分ほど沈んでいた。姉に抱擁されて照れているが、同時に喜んでいるのは明らかだった。

（なるほど、そういうことか）

目の前の靄が急に晴れた気がした。

大輝は姉のことを慕っている。母親代わりに世話を焼いてくれた姉のことが大好きなのだ。その姉が、見ず知らずの男——裕太と話しているのを見て、妬《や》いていたのだろう。

どんなに生意気で反抗的でも、十二歳の子供であることに変わりはない。考えていることは単純だった。

（それにしても……）

結花の大きな乳房が気にかかる。大輝の頭がめりこんで、柔らかそうにひしゃげていた。

（俺にも、あんなお姉さんがいればな……）

ひとりっ子の裕太には夢の光景だった。

自分も彼女の胸に抱かれてみたい。できれば、生の乳房に頰を押し当てて、蕩けるような柔らかさを感じてみたかった。

「では、先生」

声をかけられて我に返る。慌てて緩んでいた頰を引き締めた。

「弟をよろしくお願いします」

「はい、おまかせください」

また大輝がヤキモチを焼かないように、あえて事務的な口調を心がける。とはいえ、先ほど手を握っているところを見られている。そう簡単に誤魔化すことはできなかった。

「今日だけだからね」

大輝はにこりともせず、まるで親の仇《かたき》を見るような目を向けてきた。

「先生といっしょに楽しくお勉強しようね」

それでも、裕太はにこやかに話しかける。一度閉じてしまった心を開かせるのはむずかしい。根気強く、少しずつ歩み寄っていくしかなかった。

「この椅子をお使いください」

結花が自分の椅子を運んできて、大輝の隣に置いてくれた。

「ありがとうございます。では、お借りします」

腰をおろしてバッグを開く。すると、隣から鋭い視線を感じた。

大輝がにらんでいる。結花と言葉を交わしたのが気に入らなかったのか、またしても不服そうな表情になっていた。

「先生は座らなくてもいいだろ」

「ちょっと、だいちゃん」

慌てて結花がとめようとするが、大輝の不満は増すばかりだ。

「だって、学校の先生は立ったまま授業するじゃないか」

ただの屁理屈だ。とにかく、なにかケチをつけたいようだ。今、説得を試みたところで、大輝が聞くとは思えなかった。

「わかったよ。じゃあ今日は――」

立ったまま授業をするよ、と言いかけたとき、背後にいた結花が肩にそっと手を置いてきた。

「先生はそのままでいてください。だいちゃん、学校の先生と家庭教師の先生は違うのよ」

「ちがくないよ、いっしょだよ」

振り出しに戻った感じだ。またしても大輝は頰を膨らませて、唇を思いきり尖らせた。

「そう、わかった」

結花の声のトーンが変わった。溜め息まじりにつぶやき、二段ベッドの下の段に腰をおろした。

「だいちゃんがそういう態度なら仕方ないわ。先生の言うこと聞くかどうか、お姉ちゃんが見張ってるから」

「え～っ」

大輝が不満げな声をあげるが、もう結花は聞く耳を持たないという感じだ。

「だいちゃんがいけないのよ」

表情も厳しくなっている。基本的に弟には甘いようだが、ときにはビシッと言うときもあるらしい。

それにしても、生徒の姉が見守るなかで授業をするとは、なんとも落ち着かない状況になってしまった。

（まいったな……）

裕太も思いきり「え～っ」と言いたい気分を押し隠し、バッグから問題集を取り出した。

3

最初はどうなることかと思ったが、意外にもスムーズに授業は進んだ。

結花が本気で怒っていることを察した大輝は、その後、いっさい反抗することはなかった。

「先生、お茶でもいかがですか？」

授業を終えると、結花が声をかけてくれてリビングに移動した。

リビングは十二、三畳といったところだろうか。食器棚や食卓、電話台やテレビ、それにソファなどが置かれて少々狭い感じだが、しっかり掃除はしてあるようだった。

勧められるまま、茶色い布製のソファに腰かけた。

裕太が三人掛けのソファの右端に座ると、大輝は間を置いて左端に座った。授業は大人しく受けてくれたが、まったく打ち解けてはいない。この距離を縮められるとは思えなかった。

「お待たせしました。インスタントですけど」

トレーを手にした結花がやってきて、テーブルの向かい側で絨毯の上に横座りした。裕太と自分の前に、コーヒーカップとショートケーキが載った皿をそれぞれ置き、大輝の前にはマグカップとシュークリームが並べられた。

「だいちゃんはココアね」

「やった！」

大輝はさっそく手摑みでシュークリームを食べはじめる。そんな弟の姿を、結花はやさしい瞳で見つめていた。

「先生もどうぞ」

「では、いただきます」

思いのほか疲れたので、生クリームの甘さが嬉しかった。

授業自体は順調だったが、はじまる前のやりとりで少々ひやひやした。とはいえ、大輝の気持ちもわからなくはない。わずか五歳のときに母親を亡くしているのだ。姉に甘えてしまうのは仕方ないことだろう。

「この子には、わたししかいないんです」

結花がぽつりとつぶやいた。

母親がいない上に、父親も仕事でなかなか帰ってこられない。弟のことを可愛がるのは、可哀相だと思う気持ちがあるからだ。彼女のやさしい気持ちも痛いほどよくわかった。

シュークリームを食べて、大好きな姉が作ってくれた温かいココアを飲むと、大輝は眠たそうに目を擦りはじめた。大騒ぎしたことで、すっかり疲れてしまったらしい。

　そんな弟の様子を目にした結花が立ちあがり、大輝と裕太の間に入ってソファに腰かけた。レモンイエローのスカートから、健康的な太腿がちらりと覗き、裕太は慌てて視線を逸らした。

「だいちゃん、おいで」

　結花が自分の膝をぽんぽんと叩くと、大輝は素直に横になった。そして、姉の膝枕で眠ってしまう。結花はソファの背もたれにかけてあった毛布を広げて、弟の小さな体を包みこんだ。

「過保護だと思いますか？」

「え？　い、いや……」

　一瞬、言葉に詰まってしまう。正直むずかしいところだ。親に会えない淋しさを、こうして寄り添うことで乗り越えてきたのだろう。

「友だちには過保護だって言われるけど、やっぱり弟のことが可愛いんです」

　結花は寝息を立てる大輝の頭をそっと撫でつづけている。愛しくてならないというのが伝わってきた。

「大輝くんにはお母さんがいないけど、その分、お姉さんの愛情をたくさん感じていると思いますよ」

正直な気持ちだった。すると、彼女はくすぐったそうに肩をすくめた。

「でも、悩みもあるんです」

いったん言葉を切ると、結花は弟の寝顔を覗きこんだ。眠っているのを確認してから、少し声のトーンを落として話しはじめた。

「家のことがあるので、友だちと遊べなくて……恋人を作る暇もないんです」

しっかりしているように見えるが、彼女はまだ女子大生だ。遊びたいと思うのは当然のことだろう。

「先生はどうでした？　学生の頃、たくさん遊びましたか？」

「そうでもないですけど……」

サッカーサークルには所属していたが、恋人はできなかったし、さほど楽しい思い出はなかった。とはいえ、結花よりはずっと遊んでいたに違いない。なにより、自由な時間がたくさんあった。

暇があったのになにもしなかった自分と、自由な時間を持てない彼女とではまったく違う。なにか手助けしてあげたいと切実に思うが、裕太にできることなどなにもなかった。

「せめて、大学生のうちに経験したいんです」

またしても、結花がつぶやいた。小さな声だったが、なにかを決意したような気持ちの強さが感じられた。

「経験……って？」

じっと見つめられて、困惑しながら聞き返す。女性に「経験」などと言われると、いやらしいことを想像してしまう。思わずにやけそうになるが、彼女の表情は真剣そのものだった。

「いつまでも守っているつもりはありません」

結花の声はますます切実になっていく。なにか様子がおかしかった。

「もう迷いはありません。よろしくお願いします」

いったい、なんの話をしているのだろう。まったく嚙み合っていないので、お願いされても答えようがなかった。

「あの……どういうことでしょう？」

「わたしに言わせるんですか……飯塚先生、意地悪です」

結花は視線を逸らして、なぜか頰をぽっと赤らめた。

（ん？　なんだ、これは……）

なにも言えずに黙りこむ。ますます、わからなくなってきた。もはや迂闊なことは口にできない雰囲気だった。

「奪って……ください」

消え入りそうな声にどきりとする。胸の鼓動が速くなり、今にも心臓が飛び出しそうになっていた。

裕太がなにも言わないので、催促されていると思ったのかもしれない。結花はちらりと様子を窺うと、耳まで真っ赤にしながら再び口を開いた。

「しょ……処女を……奪ってください」

衝撃的な言葉を耳にして、一瞬、頭のなかが真っ白になった。まさか初対面の女性から、そんなことを言われるとは思いもしない。脳天に雷が落ちたようなショックだった。

「なっ、なにを……」

からかっているようには見えない。彼女は大真面目なので、なにを言えばいいのかわからなかった。

そんな裕太の様子を見て、結花も困惑している。驚かれたことが意外だったらしく、赤い顔をしたまま首をかしげた。

「そういうサービスがあるって聞いたんですけど」

「えっと……どういうことなのか、さっぱり……」

「その……アッチのことをいろいろしてもらえるとか」

そんな根も葉もない話を、いったいどこで聞いたのだろう。単なる噂ではないか。おそらく、都市伝説かなにかの類だろう。家庭教師のウイニングはサービスがいいという話に、尾鰭《おひれ》がついたのではないか。いくらなんでも、そんな要望に応えられるわけがなかった。

「サービスは大切にしていますが、ちょっと……」

遠まわしに断ろうとする。さすがに対処できない。ちょっと美味しい話ではあるが、ヴァージンは荷が重すぎる。

「でも、電話で確認したんです」

結花は一歩も引きさがろうとしない。遠慮がちな声だが、決意は揺らいでいなかった。

「そうしたら、処女でも大丈夫だって」

「はい？」

思わず聞き返してしまう。サービスの噂を耳にして、結花はロストヴァージンの件を電話で相談したという。

「できるだけ年が近くて、やさしい人をお願いします、って言ったんです」

にわかには信じられないが、彼女の話は具体的でリアリティがあった。

「あの……電話で話した人の名前、わかりますか？」

嫌な予感を覚えながら尋ねてみる。心のなかでは、自分の予想が外れてくれることを祈っていた。

「親身になって話を聞いてくれたので覚えています。三咲さんという女性の方でした」

やはり亜矢子だった。

申し込みの電話は、支店長にまわされることになっている。結花の電話を受けたのも、亜矢子に間違いなかった。

「その方が、ちょうどぴったりの先生がいるから、その人を担当にしますって言ってくださったんです」

話の流れから考えると、最初からサービス込みでの契約ということになる。まさか会社ぐるみで、そんなサービスをしているとは思いもしない。これまで、なにも知らずに働いてきたのだ。亜矢子が言った「ぴったりの先生」とは、裕太のことだった。

（どうして……どうして教えてくれなかったんだ！）

怒りが沸々とこみあげてくる。なにもかもが信じられない。新しい訪問先について、亜矢子からはなにも聞いていなかった。

こんなことでいいのだろうか。自分は純粋に家庭教師として一人前になることを目指していた。それなのに、すべてを覆されてしまった。

それに結花のことは、どうすればいいのだろう。あの切実な瞳を見てしまうと、投げだすわけにもいかなかった。

（よし、これが最後だ）

亜矢子のことも気になるが、今は結花をなんとかしなければならない。

しかし、初体験の相手というのは、さすがに責任を感じてしまう。それに大輝のことも気になった。ちらりと見やれば、姉の膝枕で気持ちよさそうな寝息を立てていた。

「この子なら大丈夫です。ぐっすり寝てるから」

結花は弟を膝からおろして立ちあがる。ソファに横たわった大輝に毛布をかけ直すと、恥ずかしげに裕太の手を握ってきた。

4

結花に手を引かれて、姉弟の部屋にやってきた。

うっすら汗ばんだ手のひらから、彼女の本気が伝わってくる。二十歳の女の子が勇気を振り絞っているのだ。こうなったら、男の自分が後に引くわけにはいかなかった。

（よ……よし！）

裕太は心のなかで気合いを入れた。家庭教師のプライドにかけて、彼女の期待に応えるしかなかった。

「いつも、どっちで寝てるの？」

木製の二段ベッドを見やって尋ねると、彼女は上の段を指差した。

「じゃあ、あがろうか」

「は、はい……」

結花の声は緊張のせいか掠れている。硬い表情で梯子をあがっていくが、スカートがふわっと揺れて、むっちりした太腿が付け根近くまで覗いた。

（うおっ！）

思わず声が喉もとまでこみあげる。懸命に呑みこむが、男根はズクリッと反応していた。瞬く間に芯を通して、股間が硬く突っ張ってしまう。

(まだ早いぞ)

心のなかで語りかけるが、もう収まる気配はない。

これから彼女とセックスすると思うと、しかもヴァージンを奪うと思うと、興奮を抑えることはできなかった。

裕太も後につづいて二段ベッドの上段にあがると、彼女は落ち着かない様子で横座りしていた。

二段ベッドなど何年ぶりだろう。意味もなくテンションが高くなる。小学生のときに、友だちの家であがったのが最後だった。

天井が近くて、座っているだけでも頭がぶつかりそうだ。蛍光灯もすぐそこなので明るく感じる。これなら女体の隅々まで観察できるだろう。実際、彼女のきめ細かな頬がはっきり見えていた。

「大輝くんのことは気にならない?」

裕太自身が気になっていることだった。大輝は姉にべったりだ。結花も弟のことを可愛がっていた。

「もう六年生だから、そろそろ独り立ちしてもらわないと」

本人のために、姉離れしてほしいと願っている。それと同時に、結花も弟離れしなければと思っているのだろう。

「今だけ、お名前で……裕太先生、お願いします」

「わかりました」

彼女の決意は固かった。裕太は小さく頷くと、パーカーの肩に手をまわして女体をそっと抱き寄せた。

「あ……」

結花の唇から小さな声が溢れ出す。なにしろ、まったく経験がないのだ。肩を抱かれただけでも、凍りついたように硬くなっていた。

「大丈夫、俺にまかせて」

緊張を解こうと声をかけるが、裕太も緊張している。ヴァージンを相手にするのは初めてだ。上手くリードできるか自信がない。それでも、彼女を不安にさせないように堂々と振る舞った。

マロンブラウンの髪にやさしくキスすると、できるだけやさしくパーカーを脱がしていく。つづいてTシャツの裾をまくりあげると、白い腹部と淡い黄色のブラジャーが見えてきた。

(お……おおっ)

内心唸りながらも平静を装った。

今日は余裕のある大人の男を演じなければならない。彼女をリードして、無事に処女を卒業させるのが目的だった。

結花は顔を赤くしているが、されるがままになっていた。それでも、羞恥が限界に達しているらしい。Tシャツを頭から抜き取ると、自分の体を両腕で抱きしめてうつむいた。

「大丈夫……大丈夫だから」

彼女に向かって語りかけるが、それは自分自身に言い聞かせている言葉でもあった。

レモンイエローのスカートに手をかける。ウエストがゴムになっているタイプだったため、簡単におろせたのでほっとした。

これで結花が身に纏っているのは、淡い黄色のブラジャーとパンティだけになった。カップに寄せられた乳房の谷間は深く、腰は細く締まっている。尻と太腿はむっちりしており、くの字に流された膝からふくらはぎにかけてはスラリとしていた。

「わたしだけなんて……」

結花が恨めしげな視線を送ってくる。自分だけ脱がされているのが恥ずかしいのだろう。裕太は慌てて、自分も服を脱いでいった。

「こ、これでいいかな？」

ボクサーブリーフ一枚になると、さすがに羞恥がこみあげて声が上擦ってしまう。グレーの布地にペニスの形が浮かびあがっており、先端部分には黒っぽい染みがひろがっていた。

股間に彼女の視線が注がれている。ヴァージンの女の子に見られていると思うと、羞恥と緊張、それに興奮がこみあげてきた。

（ようし、どっちにしろ脱ぐしかないんだ）

自分が先に脱いだほうが、彼女の気持ちを楽にできるかもしれない。裕太はボクサーブリーフに手をかけると、一気におろしていった。

「きゃっ！」

屹立した肉柱が飛び出した瞬間、結花はびっくり箱を開けたときのような悲鳴をあげた。

おそらく、ペニスを目にするのも初めてだろう。膨れあがった亀頭と稲妻状の血管が浮かんだ太幹を前にして、恐怖が芽生えているのかもしれない。彼女は目をつむり、両手で顔を覆ってしまった。

(なんか、照れ臭いな……)

裕太も恥ずかしかったが、しっかり剝けていたのがせめてもの救いだ。皮を被った情けない姿だけは見せたくなかった。

「怖くないよ、こいつは凶暴そうに見えるけど、お友だちだよ」

恐怖を取り除こうと、懸命に語りかける。すると、結花は顔を覆った指の隙間から、再びペニスに視線を向けてきた。

「お……お友だち?」

「そうだよ、結花ちゃんのお友だちだよ。よく見てごらん、可愛いだろ?」

自分でもなにを言っているのだろうと思いながら力説する。とにかく、最後までやり遂げようという気持ちだった。

「わかりました……」

気持ちが伝わったのか、結花は小さく頷いてくれた。

彼女がその気になっている間に済ませてしまったほうがいい。女体を横たえると、背中に手を滑りこませてブラジャーのホックを外す。カップの下から現れたのは、雪のように白い乳房だった。

(おほっ、これはすごいぞ!)

素晴らしい美乳を目にしてテンションが急上昇する。滑らかな白い肌が双つの大きな丘陵を形成し、珊瑚のように幻想的なピンクの乳首が載っていた。穢《けが》れを知らない初々しさが満ち溢れていた。

「ゆ、結花ちゃんっ」

彼女の初めての男になると思うと、頭が沸騰してしまいそうだ。もう我慢できない。たまらず乳房に顔を埋めていく。女体に覆いかぶさり、乳房を揉みあげながら乳首にむしゃぶりついた。

「ああっ!」

結花が驚いた声をあげるが、もうとめられない。乳首に舌を這わせて舐めしゃぶると、瞬く間に反応して硬くなる。女体もヒクヒク震えて、腰を右に左によじりはじめた。

「せ、先生っ、ああっ、裕太先生っ」

「楽にしてていいからね、全部俺にまかせるんだ」

緊張が消えたわけではないが、興奮が上回っていた。左右の乳首を交互にしゃぶり、たっぷりの唾液をまぶしていく。硬く尖り勃ったところを指先で摘み、時間をかけてじっくり転がした。

「あっ……あっ……」

結花はよほど恥ずかしいのか、両手で顔を覆ったままだ。それでも身体をよじり、切れぎれの喘ぎ声を漏らしていた。

(は、早く挿れたい)

気持ちが逸《はや》るが、理性の力で踏みとどまった。

頭の片隅には冷静な自分もいる。焦ってはいけない。なにしろ、彼女はヴァージンなのだ。じっくり濡らしてからでないと、挿入はむずかしい。いったん乳首から口を離して、気持ちを落ち着けるために息を吐きだした。

(冷静になるんだ……これは結花ちゃんに頼まれたことなんだ。俺は最後までやり遂げると決めたんだ)

心のなかで言い聞かせる。自分の欲望を優先させるのではなく、結花のことを第一に考えなければならなかった。

「はあンっ」

柔らかい乳房をゆったり揉みあげる。やさしく指を沈みこませて慎重に捏ねあげれば、結花の唇から溜め息にも似た喘ぎ声が溢れだした。

(いいぞ、この調子で感じさせるんだ)

詩織に教えてもらったソフトな愛撫が役立った。

慌てることなく、双つの膨らみを揉みほぐしにかかる。貴重品を扱うつもりで、じわじわ指を動かした。

「ンっ……ンンっ……」

顔を覆った手の下から、微かな声が漏れてくる。静かな声だが、官能の色も見え隠れしていた。

乳輪を舌先でそっとなぞり、微弱電流のような刺激を延々と送りこむ。やがて結花が息を乱して腰をくねらせはじめる。すると、今度は乳首を口に含み、不意を突くように甘噛みした。

「ああぁッ!」

女体がビクッと硬直して、結花の唇からこらえきれない喘ぎ声が溢れ出す。

焦らしてからの刺激で、戸惑いながらも感じていた。ヴァージンでも愛撫されれば性感が蕩けるのだろう。その証拠に結花は乳首を勃起させて、内腿をもじもじ擦り合わせていた。

股間が疼いているに違いない。感じているのがわかるから、なおのこと愛撫に熱が籠もった。

「乳首が感じるんだね」

双つの乳首は唾液にまみれている。乳輪まで膨らみ、蛍光灯の光をヌラリと反射していた。

「は、恥ずかしいです……ああっ」

穢れのない女性を、己の手で喘がせている。その事実が、ますます牡の本能を燃えあがらせていく。ペニスはさらにひとまわり大きく成長して、大量のカウパー汁を噴きこぼしていた。

これだけ感じるということは、おそらく自慰経験があるのだろう。この二段ベッドで弟が寝入ったのを確認して、息を殺しながら自分の身体をまさぐっていたに違いない。

(挿れたい……でも、まだダメだ)

乳房をやさしく揉んで吸いながら、片手を下半身へと滑らせる。くびれた腰を撫でまわし、パンティのウエストに指をかけた。

少しずつ引きおろしにかかると、女体が驚いたように硬直する。脱がされることがわかり、緊張が走ったのだろう。それでも、いっさい抗うことなく、気を付けの姿勢を保っていた。

レモンイエローのパンティをずらして引きおろす。彼女は抵抗もしなければ協力もしなかった。両手で顔を隠した状態で身体を硬直させて、脱がされるままになっていた。

「こ、これは！」

恥丘が見えた瞬間、思わず唸った。

こんもりした白い丘陵には、繊毛のように細い毛が申しわけ程度にしか生えていない。一瞬、剃ったのかと思うほど、ほとんど毛がなく地肌が丸見えだ。縦溝がくっきり透けており、卑猥なことこの上なかった。

「や……毛が薄いんです」

結花が泣きだしそうな声でつぶやいた。

「誰にも言えなくて……」

どうやら、コンプレックスになっていたらしい。生まれつき陰毛が薄い人がいる、という話は聞いたことがある。それほど気にすることではないと思うが、本人にとっては大きな問題なのだろう。

「やっぱり、おかしいですか？」

結花はまだ両手で顔を覆っている。あまりにも恥ずかしくて、顔を見られたくないようだった。

「そんなことない……すごく、興奮するよ」

正直に思ったことを口にした。

ヘンに取り繕っても、彼女を余計に傷つけるだけだろう。コンプレックスを持っているのだから、この件に関しては敏感になっているはずだ。それならば、本当のことを言うべきだと思った。

「興奮……ですか？」

「うん、結花ちゃんの身体は、男を元気にするんだ」

彼女の足からパンティを抜き取ると、恥丘にそっと指を這わせていく。微かに秘毛が生えているだけで、柔らかい地肌に直接触れることができた。

「ほら、こうやって割れ目をなぞると」

「はンンっ」

結花の唇から小さな声が溢れ出す。恥丘に走る溝がよく見えるので、経験の少ない裕太でも的確に愛撫を施すことができた。

「そんなふうに結花ちゃんが反応してくれるから、俺も、こんなに元気になったんだよ」

「わたしが……裕太先生を？」

結花が指の間から股間に視線を向けてくる。屹立したペニスを目にして、息を呑むのがわかった。

「そうだよ。結花ちゃんには、男を元気にする魅力があるんだ。もっと自信を持っていいと思うよ」

指先で恥丘の縦溝をそっとくすぐる。すると、女体がピクッと反応して、彼女は顔からゆっくり手を離していった。

「せ、先生……」

首筋まで真っ赤に染めながら、潤んだ瞳を向けてくる。そんな結花が健気で、思わず唇を奪っていた。

「はンンっ」

「うむううっ」

そのまま舌を侵入させて、初々しい口内を舐めまわす。甘い唾液を啜りあげては、奥で縮こまっている舌を絡め取った。

「あふっ……ンはぁっ」

結花は喉の奥で喘ぎながら、遠慮がちに舌を伸ばしてくる。おそらく初めてのディープキスだろう、眉を困ったような八の字に歪めているのが、なおのこと興奮を誘った。

唇を重ねたまま、恥丘をいじっていた指先を内腿の間に滑りこませる。まだ誰も触れたことのない女陰に、ついに中指の腹が到達した。

「はあぁッ、そ、そこは……」

結花は唇を振り払い、困惑した声で訴えてくる。それでも、花弁をやさしくなぞりあげれば、途端に顎を跳ねあげて甘い声を振りまいた。

「感じてるんだね、もっと感じていいんだよ」

「ああッ、そんな、あああッ」

ヴァージンの結花が喘いでいる。恥裂を指でなぞられて、涙を浮かべながら感じていた。

(すごい、どんどん濡れてくるぞ)

最初から湿っていたが、軽く触れただけで大洪水になってしまった。時間をかけて焦らしたのがよかったのかもしれない。直接の愛撫が感じるらしく、瞬く間に内腿は愛蜜まみれになっていた。

「それ、ダメですっ、あああッ」

硬くなった肉芽に華蜜を塗りたくれば、さらに喘ぎ声が高まった。

そろそろ頃合いだろう。感じまくって我を忘れているうちに、ロストヴァージンを済ませてしまいたかった。

膝を使って脚を開かせる。その流れで覆いかぶさり、屹立したペニスの先端を膣口に触れさせた。

「ま、待ってください……怖い」

涙を湛えた瞳を向けてくる。本当に怖いのだろう、唇が小刻みに震えていた。

「大丈夫……大丈夫だから」

自信はなかったが、ここまで来たらやるしかない。裕太は開き直ると、腰をぐっと押しこんだ。

「ひッ！」

亀頭が埋没をはじめた途端、結花は全身を硬直させた。両脚が突っ張り、顎を跳ねあげて仰け反った。

「くうッ、力を抜くんだ」

亀頭が嵌りこむが、弾力のある膜に行く手を阻まれる。おそらく、これが処女膜だ。結花は目を強く閉じ、全身に力をこめて固まっていた。

「い、行くぞ……ふんんッ！」

ペニスに意識を集中させる。女壷を切り開くように押し進めるが、硬い膜が侵入を許さない。それでも前進をつづけると、ミシッという感触があり、いきなり抵抗がなくなった。

「ひああッ！」

結花の唇から裏返った悲鳴が迸る。裕太は慌てて彼女の口を手で塞いだ。

ペニスが女壷のなかに入りこんでいる。もう先端に抵抗を感じない。ついに処女膜を破ることに成功したのだ。

(やった、上手くいったぞ)

内心ほっと胸を撫でおろす。処女卒業という目的を達成して、一気に肩の荷がおりた気がした。

「上手くいったよ」

口から手をどけて語りかける。すると、結花は目じりに涙を滲ませながらも、こっくりと頷いた。

「ありがとうございます……これで、やっと大人の仲間入りですか」

破瓜の痛みに震えながら、感謝の言葉を述べてくれる。そんな結花がいじらしくてならなかった。

とはいえ、感動に浸ってばかりもいられない。ペニスはギンギンに勃起したままで、睾丸のなかでは欲望が渦巻いており、熱い血潮が滾っていた。思いきりピストンしたいところだが、彼女は処女を失ったばかりだった。

結花は破瓜の痛みに眉根を寄せていた。

ここは、いったん結合を解くしかないだろう。仕方なく腰を引こうとしたとき、微かな物音が聞こえた気がした。

右側後方にある部屋のドアをチラリと見やる。二段ベッドの上段にいるので、少し見おろす格好だ。

（あっ、あれは……）

ドアに隙間ができている。その隙間の向こうに、訝しげな顔をした大輝が立っていた。

（これはまずいぞ）

先ほどの結花の悲鳴が聞こえて、目が覚めたのかもしれない。いくらなんでも、これ以上つづけるわけにはいかなかった。

慌てて腰を引こうとすると、結花がすっと手を伸ばしてきた。尻たぶを抱えこみ、潤んだ瞳で見あげてくる。なにかを訴えかける真剣な眼差しに、裕太は身動きが取れなくなった。

「つづけてください」

結花は掠れた声でつぶやいた。

ロストヴァージンの直後で痛みが残っているはずだ。それなのに、彼女は真摯な瞳で訴えてくる。

「結花ちゃん、でも……」

「大丈夫ですから、裕太先生が終わるまで……」

男が放出するまで鎮まらないと知っているのだろう。でも、ドアの外から大輝が覗いているのだ。

「先生、お願いです、最後までしてください」

結花は尻たぶにまわした手を引き寄せる。結果としてペニスがさらに埋まり、膣壁をゴリゴリ擦りあげた。

「ひンンッ」

彼女の眉間に縦皺が刻まれる。それでも、さらなるピストンを求めて、両脚を裕太の腰に絡めてきた。

「ううっ……」

新鮮な媚肉の強烈な締めつけに呻きが漏れる。だが、大輝のことが気になって仕方がない。足もとのドアを見やれば、やはり大輝の姿が確かに見えた。

(ど、どうすれば……)

額に玉の汗がびっしり浮かんだ。

大輝の位置から、二段ベッドの上ははっきり見えないだろう。それでも、姉がいかがわしい行為をしているのはわかるはずだ。だからこそ、部屋に踏みこまずに廊下から盗み見ているに違いなかった。

「裕太先生、早く」

つぶやいた直後、結花がドアのほうにチラリと視線を向けた。

(え？　まさか……)

どうやら、彼女も大輝が覗いていることに気づいているらしい。それなのに、ピストンを求めているのだ。

——もう六年生だから、そろそろ独り立ちしてもらわないと。

ふいに結花の言葉が脳裏によみがえった。

もしかしたら、大輝に姉離れをさせるつもりなのかもしれない。セックスしているところを見せつけることで、大輝とは違う大人の世界に姉がいることを示して、彼女自身も弟離れしたいのだろう。

(結花ちゃんがそれを望むなら……)

見あげてくる彼女の瞳から強い意志を感じた。

裕太は意を決して、腰を振りはじめた。なるべく刺激を与えないように、女壷の浅瀬で亀頭を抜き差しする。それでも締まりが強いので、充分な快楽を得ることができた。

「ゆっくりでも気持ちいいよ」

「ンっ……ンっ……」

彼女の表情に気をつけながら、根気よくスローペースの抽送をつづける。二人でいっしょに感じることができれば、それに勝ることはなかった。

「ううっ、ゆ、結花ちゃん」

「せ、せんせ……はンンっ」

まだ破瓜の痛みがあるはずだ。それでも、結花はいつしか息を弾ませる。緩やかな抽送で、しだいに快感を覚えているのかもしれなかった。

「あっ……あっ……」

彼女の初心な反応が、裕太のなかの獣性を煽りたてる。もう振り返ることはできないが、大輝の視線も刺激になっていた。

「くッ……すごい締めつけだ」

「ああッ、なんか、ヘンな感じです」

徐々に性感が花開いているのかもしれない。結花がつぶやいた直後、膣襞が猛烈に波打った。膣口がカリ首に巻きつき、亀頭が思いきり締めあげられた。

「おううッ」

「はああッ、い、いやっ、あああッ」

自分の身体の変化に驚いている。結花は涙を流して喘ぎ泣き、股間をはしたなく突きあげた。

「くおおッ、そんなに締められたら、で、出るっ、ぬおおおおおおッ！」

たまらずザーメンを放出する。女壷の奥深くに男根を突き刺し、雄叫びとともに射精していた。

「ひああッ、火傷しちゃうっ、あひいいいいいッ！」

結花も裏返った嬌声を撒き散らす。初めてのセックスにもかかわらず絶頂に達したらしい。瑞々しい女体が小刻みに痙攣していた。

二人は無言で抱き合った。

結花が熱い涙を流しながら、裕太の首にしがみついてくる。女壺に埋まったままのペニスは、ギリギリと締めつけられていた。

「ありがとう……ございます」

彼女の声が心に響く。

裕太はもらい泣きしそうになり、誤魔化すために唇を重ねていった。舌を入れると、結花は舌を絡めて応じてくれる。互いの唾液を味わうことで、束の間の安堵を手に入れた。

二人が熱い抱擁を交わした後、廊下に大輝の姿はもうなかった。

第五章　美人上司の下着

1

翌日、裕太は仕事を休んだ。

出社時間の昼二時前になり、会社に熱が出たと嘘の電話をした。電話口に出た先輩に一方的に告げると、ベッドで横になって毛布を頭からかぶった。

（俺は、亜矢子さんに騙されてたのか？　詩織さんも全部教えてくれればよかったのに……それに、他の人たちだって知ってたんだろ？）

胸のうちで疑念が渦巻いている。

今まで自分がやってきたのは、本当に家庭教師の仕事だったのだろうか。結花はサービスの噂を聞いたと言っていた。やはり、いかがわしいサービスは、保護者の間では公然の秘密だったのだ。

家庭教師のウイニングはたまたま入社できた会社で、家庭教師になりたかったわけではない。それでも、今は仕事にやり甲斐を見出していた。一人前になろうと努力しているところだった。

なにもかもが信じられない。昨夜のことを思い返すと、とてもではないが出社する気になれなかった。

何度も携帯が鳴ったが、会社からだと思って無視しつづけた。

それでも、まったく気にならないと言えば嘘になる。夕方になり窓から夕日が差しこむなか、一度だけ履歴を確認した。

（亜矢子さん……）

液晶画面に並ぶ「支店長」の文字を見て、胸の奥が苦しくなった。

目を閉じると、瞼の裏に亜矢子の凛々しい顔が浮かんだ。憧れの上司であり、密かに想いを寄せる女性だった。それなのに、彼女のことを考えるとひたすら悲しくて涙が溢れた。

なにもする気が起きず、ずっと毛布に潜ったままだった。

そんなことをしているうちに、いつの間にか眠っていたらしい。呼び鈴が鳴る音で、ふと目が覚めた。

ピンポーンッ――。

毛布から顔を出すと、六畳一間の部屋は真っ暗だった。枕もとの時計は、すでに夜十時を指していた。

ピンポーンッ、ピンポーンッ――。

しつこく呼び鈴が鳴らされるが、今は誰にも会いたくなかった。それにアパートを尋ねてくるような友人はいない。新聞の勧誘かなにかだと決めつけて不貞寝《ふてね》をつづけた。

しばらくすると、呼び鈴が鳴り止んだ。諦めて帰ったのかと思いきや、今度はドアを開ける音が聞こえた。

「飯塚くん、いないの？」

亜矢子の声だった。

一瞬、自分の耳を疑ったが間違いない。真っ暗な部屋に、亜矢子の透きとおった声が響いていた。

(どうして……亜矢子さんが？)

彼女が尋ねてくるのは初めてだ。社員名簿を見れば住所はすぐにわかるが、まさかわざわざ来るとは思いもしなかった。

「鍵が開けっ放しじゃない。返事をしなさい、いるんでしょ？」

裕太は返事をしなかったが、彼女は帰る様子もなく、執拗に呼びかけてくる。

「返事をしないなら入るわよ」

玄関ドアが閉まり、亜矢子が入ってくる気配がした。

「電気はどこ？」

スイッチを探しているらしい。しばらく黙りこんだと思ったら、蛍光灯が二、三度瞬《また》き、部屋のなかが明るくなった。

「んっ……」

一日中寝ていたので、明るさが目に痛い。思わず顔をしかめていると、近くから声が聞こえてきた。

「具合悪いの？」

薄目を開けると、ベッドのすぐ脇に亜矢子の姿があった。

ダークグレーのスーツを纏っており、切れ長の瞳で見おろしている。黒髪のロングヘアを掻きあげて、無言で返答を促してきた。

「いえ……」

黙っていられなかった。雰囲気に気圧されたのもあるが、休んでなにが悪いという気持ちもある。なにしろ、ずっと騙されていたのだから……。

「やっぱり仮病なのね」

どうやら、最初からバレていたらしい。それを支店長自ら確認しに来たのだろうか。

「クビですか？」

裕太はのっそり身を起こすと、パイプベッドに腰かけた。

なにも考えずに会社を休んだわけではない。嘘の電話をかけた時点で、クビになる覚悟はできていた。

「噂が流れているそうですね。いかがわしいサービスをするっていう」

もうオブラートに包む必要はない。ストレートに疑問をぶつけていく。

会社に対する不信感でいっぱいだった。今さら自分を誤魔化したところで、長くつづけられるとは思えなかった。

そんな裕太の覚悟が伝わったのかもしれない。亜矢子がふと肩から力を抜き、力なく笑った。

「いずれ説明するつもりだったんだけど……座ってもいいかしら？」

目で隣を示すと、亜矢子はパイプベッドに腰かけてきた。

「いい機会だから本当のことを話すわ」

さばさばした口調だった。

少子化の影響で子供が年々減少していくなか、各家庭教師派遣会社は生徒の確保に躍起になっている。家庭教師のウイニングでも少子化対策のプロジェクトチームを編成して、その責任者に選ばれたのが亜矢子だった。

「他と同じことをやってもダメ。独自色を出さないと今の時代を生き残っていけないわ」

高学歴の教師を集めたり、料金を見直したりするのはどこでもやっていることだ。そこで、家庭教師のウイニングでは、他社がやっていない保護者へのサービスを強化していた。

そのための人材確保は急務だった。従来の教師だと、学力はあっても体力には自信がないというタイプがほとんどだ。そこで、学生時代サッカーサークルに所属し、体力のある裕太が採用されたという。

「俺は、そのために……」

なにか釈然としないが、彼女の説明は辻褄が合っている。どうして自分が採用されたのか、ずっと不思議に思っていた。そういうことなら、納得するしかなかった。

「飯塚くんに期待してるのは、生徒の学力アップではなく、生徒のお母さん方へのサービスよ」

「なっ……」

返す言葉がなかった。彼女の声が頭のなかで反響して、なにも考えられなくなっていた。

呆然とする裕太に、亜矢子は胸を張って説明した。裕太を自分の支店で受け入れたのは、直接育てたい思いがあったからだという。

「このプロジェクトが、会社の行く末を左右するのよ」

彼女の口調は熱を帯びていくが、反対に裕太の心は冷めていた。

(俺は、なんだったんだ?)

ショックのあまり目眩がする。

自分は生徒の母親へのサービス要員だった。真由美に筆おろししてもらえたのも、百合恵に縛られたのも、結花の初めての男になったのも、すべては契約の一環だったのだ。

じつはほとんどの教師が子供に勉強を教えるだけではなく、父兄にサービスを行っているという。ところが、従来の教師では精力と体力が絶望的に足りなかった。そこで裕太が採用されたというわけだ。

「どうして、最初に言ってくれなかったんですか」

説明を聞くほどに、沸々と不満が湧きあがってくる。わかっていれば、訪問先で戸惑うことなく、堂々と振る舞うことができた。ひとり思い悩んで、辞表を書くこともなかったのだ。

「黙ってるなんて、ひどいじゃないですか」

「ごめんなさい、まだプロジェクトは手探りだったの。でも、合格よ。正式にサービス課のリーダーになってもらうわ」

「サービス課?」

聞いたことのない部署だった。きょとんとしていると、亜矢子が笑顔を向けてきた。

「プロジェクトを本格始動するにあたり、新設されることになったの。飯塚くんには課の責任者になってもらうわ」

「そんなこと、急に言われても……」

突然すぎて戸惑ってしまう。寝耳に水とはこのことだ。なにも知らなかった裕太に即答できるはずもない。クビになる覚悟さえしていたのだから……。

「のんびりしている時間はないわ。飯塚くんには引きつづき保護者へのサービスを行ってもらうとともに、社員たちへの指導をお願いしたいの」

亜矢子が返答を迫ってくる。サービス課の新設は、それだけ急を要しているということか。

「自信ないです……考えさせてください」

「保護者からの評判、すごくいいじゃない。自信を持って」

そう言われても、心の準備ができていなかった。

「わかったわ。じゃあ、わたしが実技テストをしてあげる。それで合格なら、飯塚くんがリーダーをやること、いいわね」

「そんな、強引な――」

「今夜は好きにしていいから、ね？」

裕太の抗議する声は、亜矢子の囁きに遮られた。

2

「なにをするつもり？」

亜矢子が小声でつぶやき身をよじった。

ジャケットを脱ぎ、白いブラウスにタイトスカートという格好でベッドに横たわっている。両腕を頭上にあげており、左右の手首を交差させて、ビニール紐できっちり縛ってあった。

「ちょっと……」

ビニール紐の端をパイプベッドに結んであるので、彼女は仰向けの状態で身動きが取れない。自由を奪われて不安になったのか、拘束してから急に腰をよじりはじめた。

「そんなに動くと、紐が食いこみますよ」

血行を妨げないように緩く縛ったが、暴れても手は抜けないはずだ。実際、ベッドがギシギシ鳴るだけで、まったくほどける気配はなかった。

「せっかく亜矢子さんを抱けるんですから、思いきったことをしたかったんです。こんなチャンス、二度とないかもしれないじゃないですか」

完全に開き直っていた。自分だけなにも知らされていなかった怒りもあるし、どうせ一度は辞める決心をしたのだ。もうなんでもできる気分だった。

「こういうの、やってみたかったんです。でも、まさか亜矢子さんを縛れるとは、夢みたいですよ」

以前、百合恵に縛られたことがきっかけで、今度は自分が女の人を縛ってみたいという願望が芽生えていた。

「実技テスト、合格するようにがんばります」

裕太はベッドの脇に立ち、憧れの女性を見おろしながら服を脱いでいく。ボクサーブリーフを引きおろすと、すでに硬直している陰茎がブルンッと鎌首を振って飛び出した。

「やっ……お、大きい」

亜矢子が双眸《そうぼう》を見開いて固まった。

いつも自信満々の彼女が、屹立した肉柱を目にして怯えている。唇をわなわな震わせて、首を小さく左右に振りたくった。

「い、いやよ、こんなの」

「だって、好きにしていいって言ったじゃないですか」

「でも、縛るなんて……」

亜矢子は口では「いや」と言いながら、腰をくねらせている。本当は縛られて興奮しているのかもしれなかった。

「縛られるのが好きな女の人もいると思うんです。つまり、これは保護者へのサービスに繋がることですから」

「そうかもしれないけど……あっ」

黒いストッキングに包まれた膝にそっと触れると、彼女の唇から小さな声が溢れ出した。

「へえ、感じやすいんですね」

裕太が声をかけると、亜矢子は慌てて下唇を小さく噛んだ。

どうやら、身体は敏感らしい。三十六歳の女盛りということを考えれば、かなりの反応が期待できそうだ。

こうして見おろしているだけで、ペニスがさらに元気になってくる。憧れの上司が自分のベッドに横たわっているのだ。しかも、両手をあげてベッドに拘束してある。タイトスカートの裾からは下肢がすらりと伸びており、白いブラウスの胸もとはこんもり盛りあがっていた。

夢なら冷めないでくれと本気で願う。自由にしていいと思うと、亀頭の鈴割れから我慢汁が滲み出した。

「では、はじめますよ」

声が震えそうになるのを懸命にこらえてベッドにあがる。ギシッと軋む音がするだけで、勃起したペニスが小さく跳ねた。

彼女の足首をまたぐと、両手をふくらはぎの外側にあてがった。ストッキングの滑らかな感触を堪能しながら、手をゆっくり膝に向かって滑らせる。亜矢子は内腿をぴったり閉じて、顔を横にそむけていた。

（お、俺は今、亜矢子さんに触れてるんだ）

かつてない緊張と興奮がこみあげてくる。普通に働いていたら、憧れの上司の身体に触れるなど、あり得ないことだった。

「ンっ……」

手のひらが膝を撫でて太腿に到達すると、女体がヒクッと反応した。内腿をさらに強く擦り合わせて、ガードするように身を硬くしている。顔はそむけたままで、目を強く閉じていた。

さらにタイトスカートのなかへ手を滑らせていく。逸る気持ちを抑えて、太腿の温かさをじっくり味わい、指先を軽く曲げて肉の弾力を確かめた。

「ンンっ」

亜矢子の唇から微かな声が漏れる。タイトスカートが徐々にずりあがり、ストッキング越しにパンティが見えてきた。

「おっ……」

思わず小さな声を漏らすと、彼女は怯えたように身を硬くする。視線を意識したのか、内腿をもじもじと擦り合わせた。

そうやって恥じらう姿が、牡の欲望に火をつける。

ストッキングの上から恥丘の膨らみに手を重ねると、円を描くように撫でまわした。

「はンンっ……い、いや」

さすがに我慢できなくなったらしい。亜矢子がこちらに顔を向けてにらみつけてくる。とはいえ、仕事中のような鋭さはない。瞳はしっとり潤んでおり、どこか自信なさげに揺れていた。

そのとき、携帯電話の着信音が響き渡った。床に置いてある亜矢子のジャケットのなかで鳴っていた。

「わたしの電話だわ」

「放っておきましょう。それとも、このまま出ますか？」

亜矢子が悔しげな顔で黙りこむ。そんなやりとりをしているうちに、携帯電話は鳴り止んだ。

「早く終わらせて……」

掠れた声でつぶやき、再び顔をそむけていく。そんな弱々しい反応が、裕太をますます煽りたてた。

「じゃあ、急ぎますね」

恥丘を覆うストッキングを摘みあげると、いきなり爪を立てて穴を開ける。そこに指を入れて、一気にビリビリッと引き裂いた。

「ひッ！　ちょ、ちょっと」

亜矢子が驚いて大きな声をあげる。裂けたストッキングの下から、ベージュのパンティが露わになった。白い太腿も覗き、いよいよ牡の血が滾《たぎ》りはじめた。

「亜矢子さんが早くしてって言ったんですよ」

「だからって、こんな――ああっ！」

膝を強引に割り開いて、脚の間に入りこむ。聞く耳を持たずにM字開脚を強要すると、パンティに覆われた股間が丸見えになった。

「こ、これって……」

ちょうど女性の中心部に接する部分、パンティの船底に染みができている。そこに割れ目があることを示すように、黒っぽい染みが縦に伸びていた。

「い、いやよ、こんな格好」

「そんなことより、染みができてますよ」

「ウ、ウソっ、そんなのウソに決まってるわ」

指摘すると、亜矢子は途端に顔を真っ赤して身をよじった。とはいえ、手首を縛ってあるので、大した抵抗はできない。腰を左右に振るだけで、股間を隠すことはできなかった。

「ウソなんてついてないですよ。ほら、ここ」

彼女の内腿を膝で押さえつけると、パンティの染みがついた部分を指先で撫であげた。

「はうンっ」

女体が仰け反り、染みがさらに大きくなっていく。愛蜜が溢れだしているのは間違いない。縛られて身体をまさぐられることで、亜矢子は性感を蕩かせていたのだろう。

「もしかして、亜矢子さんもこういうのが好きなんですか」

縦溝をゆっくりなぞりながら尋ねてみる。指を動かすたび、クチュッ、ニチュッという微かな音が響いていた。

「ち、違うわ、そんなはず……」

「じゃあ、どうして、こんなに濡れてるんですか？」

染みが濃い部分を押してみる。途端に女体が硬直して、白い内腿に小刻みな痙攣が走り抜けた。

「はあぁッ、や、やめなさいっ」

上司らしく命じてくるが、今さらやめられるはずがない。すでに裕太の欲望には火がつき、加速をはじめているのだ。

ペニスは鋼鉄のように硬直して、壊れた蛇口のようにカウパー汁を垂れ流していた。

「なんだか、エッチな匂いまでしてきました」

チーズのような香りに誘われて、彼女の股間に顔を寄せていく。すると、パンティの染みから、牡を奮い立たせる淫臭が漂っていた。

「ううんっ、いい匂いだ」

鼻をクンクン鳴らすと、亜矢子は慌てて腰をよじった。

「やめてっ、そんなところ嗅がないでっ」

「好きにしていいって言ったのにわがままですね。それなら……」

パンティの船底を脇にずらして、上司の秘められた部分を剝きだしにする。縮れ毛がそよぐ恥丘と、鮮やかな紅色をした女陰が、蛍光灯の白っぽい光に照らしだされた。

「おおっ……」

夢にまで見た亜矢子の花びらだ。

ここのところ女性器を目にする機会が多かったため、そのものにはさほど感動はない。とはいえ、亜矢子のものとなれば話は違う。艶やかに輝くパールピンクの花弁は、これまで見てきたどの女性よりも眩かった。

「ああっ！　ま、待ちなさい、待ってて っ」

亜矢子の悲痛な声が響き渡る。そうやって恥じらうほどに、眠っていた嗜虐欲がもりもり煽られた。

「これが、亜矢子さんの……」

息がかかるほど顔を近づけて、熟れ盛りの淫裂を凝視する。パンティをずらしただけというのが、かえって淫らがましい。熟成したチーズを思わせる濃厚な淫臭が、鼻腔の粘膜を刺激した。二枚の花びらはたっぷりの愛蜜で濡れそぼり、今にも溶けそうなほどトロトロだった。

「綺麗だ……あんまり経験がないみたいですね。何人の男にこれを見せたんですか?」

「そ、そんなこと……」

「じゃあ、ロストヴァージンは何歳ですか?」

「どうして、そんなこと——ああっ、やめて」

わざと鼻を鳴らして淫裂の匂いを嗅ぐと、彼女は顔を真っ赤にして拘束された身体をよじりたてた。

「言う気になるまで、匂いを嗅いで待ってます」

「や、やめなさいっ」

亜矢子が怒りを露わにするが、裕太は聞く耳を持たなかった。

「もったいぶらずに教えてくださいよ」

「わ、忘れたわ」

「じゃあ、ゆっくり思い出してください。時間はたっぷりありますから」

チーズに似た香りを肺いっぱいに吸いこんだ。淫臭で頭がクラクラして、口のなかに涎が溢れてくる。割れ目にしゃぶりつきたくなるが、気持ちをぐっと抑えこむ。もう少し亜矢子の困った顔を見ていたかった。

「どうしても、言わせる気なのね」

「別に言わなくてもいいですよ。ただ、ずっとこのままですけど」

「に……二十一よ」

観念したのか、亜矢子がぽつりとつぶやいた。悔しげに顔をそむける姿に、牡の本能が刺激された。

「へえ、意外と遅いんですね」

父兄へのサービスを推進しているが、やはり亜矢子自身はさほど経験がないらしい。だからこそ、こうして縛られて動揺しているのだ。

パンティの股布をさらにずらして、肛門まで剝きだしにした。割れ目から溢れた華蜜が、尻の穴までぐっしょり濡らしている。臀裂の奥にも流れこみ、最終的にはパンティに吸いこまれて大きな染みを作っていた。

「こんなにお汁を垂らして……もったいないじゃないですか」

裕太は鼻息を荒らげながら告げると、吸い寄せられるように淫裂にむしゃぶりついていった。

「はむッ、おふううッ」

「ああッ、ダ、ダメぇっ！」

亜矢子が悲鳴にも似た喘ぎ声を迸らせる。陰唇は蕩けるほど柔らかく、クチュッと形を変えて、内側に溜まっていた華蜜が溢れ出した。

「う、うまいっ、むううッ」

とろみのある汁を飲みくだし、夢中になって舌を這いまわらせる。割れ目を舐めあげては、肉芽を捕らえて転がした。

「い、いやっ、あああッ」

「こんなに濡らして、なに言ってるんですか」

硬くなったクリトリスを吸いたてて、尖らせた舌を膣口に挿入する。敏感な粘膜を舐めまわしてやれば、女体は面白いほど反応して跳ねまわった。

「あああッ、あああッ」

彼女が感じてくれるから、なおのこと愛撫に熱がこもる。ずらしたパンティを押さえながら膣口に唇を密着させて、思いきり吸引した。

「うぶうううッ！」

たっぷりの果汁が口内に流れこんでくる。喉を鳴らして飲みくだし、さらには裏門にも舌を伸ばしていく。美人上司の尻穴は、すでに愛蜜でドロドロになっている。そこにしゃぶりついて、好き放題に舌を這いまわらせた。

「ひいッ、そ、そこはいやっ、ひいいッ」

亜矢子の抵抗が激しくなる。首を激しく振りたてて、脚を閉じようと懸命に力をこめた。それでも、すでに裕太の頭が入りこんでいるので、愛撫から逃れられるはずもない。執拗に肛門をしゃぶり抜き、散々喘ぎ声をあげさせた。

「も、もう、許して……」

股間から口を離すと、亜矢子は息も絶えだえに訴えてくる。もはや、凛々《りり》しい女上司ではなく、か弱い女の顔になっていた。

「まだまだこれからですよ」

裕太の欲望は膨れあがるばかりだ。ブラウスのボタンを外して前をはだけさせると、ベージュのブラジャーをいきなり押しあげた。

「ああっ」

弱々しい声とともに、夢にまで見た双つの膨らみがまろび出る。たっぷりした乳房が色白なため、頂点で揺れる乳首の濃い紅色がやけに目立っていた。白い肌はいかにも柔らかそうで、身じろぎするたびフルフルと波打った。

「亜矢子さんの……お、おっぱいっ」

震える手で揉みあげると、想像以上の触り心地に驚かされる。とにかく、これまで体験したことのない感触だ。溶けてなくなってしまうのでは、と心配になるほど柔らかかった。

「ああンっ、そんなに揉まれたら……」

亜矢子の声に甘い響きが混ざりはじめる。腰をくなくなと左右によじり、見あげてくる瞳にはいつしか媚びの色が滲んでいた。

たまらなくなって乳房にむしゃぶりつき、乳首を口に含んで吸いたてる。舌を這わせて転がせば、瞬く間に充血して硬くなった。

「あっ……あっ……」

「すごい反応ですね、どうしてこんなに敏感なんですか？」

「それは……最近、夫とすれ違いで……」

一瞬、言い淀んだが、今さら隠しても仕方がないと思ったのだろう。亜矢子は恥ずかしげに口を開いた。

大手ゼネコンの社員である夫は多忙を極めており、亜矢子も働いているため、どうしても生活のサイクルが合わない。夫婦でゆっくりする時間が取れず、じつはセックスレス状態がつづいているという。

つまりは欲求不満ということらしい。女盛りなのにセックスレスなら、反応がいいのは当然だった。

「ね、ねえ、飯塚くん……」

亜矢子が濡れた瞳で見つめてくる。もう欲しくてたまらないという気持ちが伝わってきた。

「あ、亜矢子さん」

我慢できないのは裕太も同じだ。パンティをおろすのも煩わしく、ずらした股布の脇から、正常位の体勢で、ペニスの先端を割れ目にあてがった。

「あっ……」

彼女の唇から小さな声が漏れる。だが、すぐには挿入しない。裕太自身、挿れたくて仕方ないが、焦らしたほうが美味しくなることを、これまでの経験から学んでいた。

女陰の表面を撫でるように、ゆっくり亀頭を滑らせる。華蜜のヌメリを利用して、ヌルリッ、ヌルリッとスライドさせた。

「あンっ……あぁンっ……は、早く」

亜矢子が掠れた声でおねだりする。両手をあげてベッドに縛られているのに、股間を淫らにしゃくりあげていた。

「お願い、飯塚くんの大きいの……い、挿れて」

ついに憧れの上司の唇から、決定的な言葉が紡がれる。その瞬間、裕太の頭のなかは熱く燃えあがった。

「たっぷり犯してあげますよ」

「いや、そんな言い方……」

抗議しながらも瞳が潤み、さらなる愛蜜が分泌される。マゾっ気が強い彼女には、言葉責めも効果があった。

膣口を探り当てると、腰をググッと進めていく。亀頭が泥濘に沈みこみ、華蜜が一気に溢れだした。

「はあああッ！　お、大きいっ、裂けちゃうっ」

亜矢子が絶叫を響かせる。久しぶりに男根を受け入れるのだろう、怯えた表情で首を振りたくった。

「おおおおッ、あ、亜矢子さんと、ぬおおおッ！」

感激のあまり言葉にならない。まだ亀頭が入っただけなのに、凄まじい快感の波が押し寄せてきた。

（やった、亜矢子さんとセックスしてるんだ！）

感動がこみあげるが、浸っている余裕はない。異物の侵入に驚いたように、膣口が思いきり締まっている。膣襞も激しく蠢いており、亀頭の表面を這いまわっていた。

さらに腰を進めて、男根をゆっくり埋めていく。憧れの女性ともっと深く繋がりたい。みっしり詰まった媚肉を掻きわけながら、いきり勃ったペニスを沈みこませていった。

「ひああッ、奥まで来てる」

亜矢子が仰け反り、声を裏返らせる。女壺が思いきり収縮して、太幹を猛烈に食いしめてきた。

「うおッ、し、締まるっ」

奥歯を強く噛んで、なんとか射精感をやり過ごす。尻の筋肉に力をこめると、欲望にまかせて腰を振りはじめた。

「おおッ、おおッ」

一往復するたび、快感の波が押し寄せる。熱い膣襞が絡みつき、まるで咀嚼《そしゃく》するように蠢いた。

大きな乳房が抽送に合わせて揺れている。紅色の乳首が、愛撫を求めて尖り勃っていた。指の股に挟みこんで乳房を揉みしだけば、女体の示す反応はますます顕著になった。

「あッ……あッ……お、奥に……」

腰を打ちつけると、亀頭が子宮口に到達する。亜矢子は奥を突かれるのが好きらしく、美貌を真っ赤に染めあげてよがり泣いた。

「はああッ、い、いいっ、奥がいいっ」

「ま、また締まって……くおおッ」

自然とピストンスピードがアップする。もう手加減している余裕はない。欲望にまかせて、力いっぱい肉柱を抜き差しした。結合部からヌチャッ、ニチャッと湿った音が響き渡り、愉悦が爆発的に膨らんだ。

「す、すごいっ、あああッ、すごくいいっ」

亜矢子は歓喜の涙さえ流し、縛られた両手を握りしめて喘ぎまくる。くびれた腰をくねらせて、股間を思いきり突きあげた。

「うおおッ、も、もうっ」

これ以上は我慢できそうにない。裕太は全身汗だくになりながら、全力で腰を叩きつけた。

「わ、わたしも、あああッ、もう……もうっ……」

彼女にも絶頂が迫ってきている。密かに想ってきた女性が、己のペニスで感じているのだ。そのことを悟った瞬間、裕太のなかで欲望が爆発した。

「おおおおッ、もうダメだっ、おおおッ、うおおおおおおおおおおッ!」

雄叫びをあげながら、ついにザーメンを噴きあげる。女壺の奥深くに太幹を埋めこみ、煮えたぎる白濁液を放出した。

「ひああッ、熱いっ、わたしも、い、いいっ、イクッ、イクイクうううッ!」

亜矢子も下腹部を波打たせて、オルガスムスの嬌声を響かせる。夫以外のペニスを咥えこみ、嬉しそうに締めつけながら昇り詰めていった。

3

(ちょっと、やりすぎちゃったかな……)

欲望を吐き出したことで、ようやく落ち着きを取り戻した。

亜矢子はぐったり横たわったまま、眠ったように目を閉じている。手首を縛っているビニール紐をほどくと、うっすらと赤く痕がついていた。悪いことをしたと思い、彼女の手首をやさしく擦った。

ピンポーンッ――。

呼び鈴が鳴り、いきなり玄関ドアが開けられた。

「裕太くん、具合はどう?」

聞こえてきたのは詩織の声だ。驚いて見やると、すでに玄関に入っており、彼女も目を丸くしていた。

六畳一間なので、玄関からベッドまで見通せる。裕太はとっさに体をずらして、亜矢子の顔を隠した。とはいえ、自分が裸なのは丸わかりだ。服を乱した女が横たわっているのも見えているだろう。

「ちょっと、なにやってるの?」

詩織の声が尖るのがわかった。一度肌を重ねた気軽さだろうか、パンプスを脱ぐと、勝手に部屋にあがりこんできた。

「人が心配して来てみれば――ウソっ、亜矢子さん」

半裸の亜矢子を目にして絶句する。亜矢子も慌ててブラウスを掻き寄せると、乳房と股間を覆い隠した。

「こ、これは、その……」

裕太はまずい現場を見られて、しどろもどろになってしまう。すると、詩織は珍しく怖い顔でにらみつけてきた。

「まさか、亜矢子さんのことを無理やり……」

「はい？　ちょ、ちょっと待ってください」

大きな勘違いをしているらしい。

そうか、確かにこの状況では誤解されても仕方がない。亜矢子のストッキングはビリビリに破れているのだ。とっさに助けを求めて見やるが、亜矢子も突然のことに対処できず黙りこんでいた。

「亜矢子さんが、裕太くんの様子を見に行くって言うから連絡を待ってたのに、こんなことになっていたなんて」

「こ、これには事情が……」

「亜矢子さんの携帯に電話しても出ないから、おかしいと思って来てみたのよ」

そういえば、途中で亜矢子の携帯が鳴っていたが、あれは詩織からの着信だったのだ。

ますます危険な空気になっていく。早くなんとかしなければと思ったとき、詩織は裕太を無視して亜矢子に詰め寄った。

「亜矢子さん、どういうことですか？」

「一度、飯塚くんと試してみたかったの」

驚いたことに、亜矢子は手首を擦りながらあっけらかんと答えた。

「思ったよりもハードで驚いたわ。わたしが見込んだだけはあるわね」

「ずるいです」

詩織が頬を膨らませている。まるで小学生のように、不機嫌を隠そうともしなかった。

「あら、あなただって、もう寝たんじゃないの？」

さすがは支店長、すべてを見抜いていたらしい。身を起こして横座りすると、気怠げに黒髪を掻きあげた。

「ううっ……」

図星を指された詩織が顔を真っ赤にする。今にも嚙みつきそうな勢いで唸っていた。

（なんだこれは……どうなってる？）

二人は裕太そっちのけでにらみ合っている。このままだと、本当に取っ組み合いの喧嘩がはじまりそうだった。

「ちょ、ちょっと落ち着いてください」

仕方なく仲裁に入ろうとすると、二人が意味深な瞳で見つめてきた。

「な……なんですか？」

なにか嫌な予感がする。二人の視線が剝きだしの股間に向き、思わず両手で分身を覆い隠した。

「こうなったら、三人でやるしかないわね」

亜矢子がぽつりとつぶやき、詩織がこっくり頷いて同意する。先ほどまでいがみ合っていたのに、なぜか意気投合していた。

「裕太くん、覚悟してよ」

ジャケットを脱ぎながら詩織が迫ってくる。自らスカートをおろし、ブラウスのボタンを外しはじめた。

「じょ、冗談ですよね」

「いいえ、冗談じゃないのよ」

亜矢子に手を引かれて、ベッドの上で仰向けになった。彼女も身体に絡まっていた服を取り払い、一糸纏わぬ姿になっていた。

「さっきは散々やってくれたじゃない」

瞳に光が戻っている。添い寝をしてくると、指先で裕太の乳首をくりくりと弄びはじめた。

「うっ……で、でも、亜矢子さんはマゾなんですよね？」

「そうやって決めつけるのはよくないわ。女はそのときによって、Ｓにでも Ｍにでもなれるのよ」

亜矢子は唇の端を吊りあげると、充血した乳首をキュッと摘んだ。

「ううっ」

「男の人だってそうでしょ？」

服を脱ぎ捨てて全裸になった詩織が、脚の間に入りこんで正座をする。大きな乳房を揺らしながら前屈みになり、すっかり大人しくなっている男根に指を絡めてきた。

「今日はいっぱい苛めてあげるね」

「うくっ、ま、まさか……」

根元をやさしくシコシコされて、亀頭にふぅっと息を吹きかけられる。それだけで、ペニスの芯がじんわり熱くなってきた。

「だ、出したばっかりなのに……」

「あなたならできるはずよ。なにしろ、わたしが見込んだ男なんだから」

亜矢子が耳もとで囁き、耳たぶを甘噛みする。もちろん、その間も乳首を指先で転がしていた。

「そ、そんな——ううゥッ！」

鮮烈な快感が突き抜ける。詩織が亀頭を咥えこみ、柔らかい唇でカリ首を締めつけていた。

「あふっ……はむンっ」

股間を見おろすと、二つ年上の先輩と目が合った。

詩織はさも楽しそうに微笑み、ゆったり首を振りはじめる。大量に射精したにもかかわらず、太幹をしごかれると反応してしまう。裏筋を舌先でくすぐられて、瞬く間に亀頭が膨らんだ。

「ううっ、ちょっ、待ってください」

「だから待てないのよ……ンンっ」

いきなり、亜矢子が唇を重ねてくる。口答えは許さないとばかりに密着させて、舌をヌルリと忍びこませてきた。

(亜矢子さんがキスを……ああっ)

彼女の舌が口内を蠢き、舌を絡め取られる、やさしく吸いあげられると、魂まで震えるほどの愉悦がひろがった。

「あむっ……はふっ……あふンっ」

下腹部では詩織の鼻にかかった声が響いている。肉棒を咥えて、味わうように首を振っていた。

張りだしたカリの裏側を丁寧に舐められたかと思うと、尿道口にも舌を這わされる。尿意を催すようなくすぐったい感覚が押し寄せて、太幹がバットのように硬くなった。

（き、気持ちいい……ああっ、天国だ）

亜矢子とディープキスをしながら、詩織にフェラチオされている。これほどの快楽がこの世にあるとは知らなかった。ところが、さらなる天国が裕太を待ち受けていた。

「ふふっ、もうビンビン」

詩織がペニスを吐き出すと、当然のように股間にまたがってくる。そして、足の裏をシーツにつけた騎乗位で、亀頭を淫裂に擦りつけた。

「あンっ、すごく熱い」

「うっ……し、詩織さん」

「裕太くんのこれ、すごくいいのよね。いただきまぁす」

腰をゆっくり下降させて、そそり勃った肉柱を呑みこんでいく。すでに膣口は濡れそぼっており、いとも簡単に亀頭を受け入れた。

「ああっ、やっぱり大きい」

「くっ、き、気持ち……くううっ」

たまらず呻き声が溢れ出す。強引に奪われるのも悪くない。詩織のように可愛らしい先輩にならなにをされても快感だった。

「ずいぶん嬉しそうな顔してるじゃない」

亜矢子が裕太の顔を覗きこんでつぶやいた。

「わたしよりも、詩織ちゃんのほうがいいのかしら？」

「そ、そういうわけじゃ……」

「それなら、わたしのことも気持ちよくしてちょうだい」

なにをするのかと思えば、亜矢子は身を起こして顔をまたいでくる。騎乗位で繋がっている詩織と向き合う格好で、顔面騎乗してきたのだ。

「おおッ、こ、これは——うむッ！」

裕太の歓喜の声は、途中から呻き声に変わってしまう。女上司の陰唇で口を塞がれたのだ。

ほんの一瞬だったが、充血して紅色に濡れ光る花弁をドアップで拝むことができた。無意識のうちに舌を伸ばし、女陰をヌルヌルと舐めまわす。割れ目に沿って舌先を動かしては、肉芽を強めに吸いあげた。

「ああンっ、いいわ、しっかり舌を使う練習をしなさい。こうやって女を悦ばせるのが、あなたの仕事になるのよ」

亜矢子が腰を小刻みに震わせる。感じているのは明らかで、華蜜が次から次へと溢れてきた。

「あンっ……あンっ……奥まで届くぅっ」

詩織が甘ったるい喘ぎ声を響かせる。股間をぴったり密着させた状態で、円を描くように腰を振っていた。

(おおおッ、最高だ……最高だっ！)

全身が燃えあがったように熱くなっている。二人の美女がまたがり、自分の体で快楽を貪っているのだ。快感と興奮が交互に次々と押し寄せて、頭のなかまで沸騰していた。

「ああッ、飯塚くん、上手よ、あああッ」

「あッ……あッ……いいっ、いいっ」

亜矢子と詩織が競い合うように喘いでいる。裕太も本能のままに股間を突きあげ、陰唇をしゃぶりまくった。

(すごいっ、気持ちいいっ、すごいぞぉっ!)

この世に天国があるのなら、今まさに自分がいる場所に間違いない。そう確信できるほど、素晴らしい愉悦にどっぷり浸っていた。

「も、もう、わたし……はああッ」

「ああッ、ああッ、裕太くんっ」

亜矢子が華蜜を垂れ流しながら切羽詰まった声を漏らし、詩織も腰の振り方を激しくする。ヒップを上下に弾ませて、高速でペニスをしごきあげてきた。

(おおッ、おおおッ、で、出ちゃうっ、ぬおおおッ!)

もうこれ以上は耐えられない。股間を突きあげるのと同時に、口に押しつけられている媚肉を思いきり吸いたてた。

「あああッ、飯塚くんっ、いいの、ああッ、あぁあああああああッ!」

「あひいいッ、い、いいっ、イクッ、わたしも、イッちゃううううッ!」

二人のよがり声が、淫らなハーモニーとなって響き渡った。

ペニスが破裂しそうな勢いで脈動して、大量の精液を噴きあげる。憧れの人の愛蜜を顔中に浴びながら、可愛い先輩の女壺にザーメンを注ぎこんだ。意識を失うかと思うほどの快感だった。

頭の芯まで痺れきって、指の先まで愉悦で満たされていた。

亜矢子と詩織は上からおりると、力尽きたように倒れこんだ。二人の美女に挟まれて、裕太は息を乱しながら天井をぼんやり眺めた。

(夢だ……きっと、これは夢なんだ……)

とても現実とは思えない体験だった。

ところが、左右を見やると、やはり亜矢子と詩織が全裸で横たわっている。満足げな表情で寄り添い、指先で乳首をいじったり、熱い吐息を耳の穴に吹きこんだりしてくるのだ。

「ううっ……」

我慢できずに唸ると、彼女たちがくすくす笑う。そして、二人の手が同時に股間に伸びてきた。

「もう硬くなってる。家庭教師は裕太くんの天職ね」

「飯塚くん、あなた合格よ。サービス課のリーダー、引き受けてくれるわね」

断る理由はなかった。ただ、経験不足を補うために、しばらくは亜矢子と詩織を相手に特訓を積む必要があるだろう。

輝かしい未来を思うと、天に向かってそびえるペニスの突端から、新たな先走り液が溢れだした。

＊この作品は、書き下ろしです。また、文中に登場する団体、個人、行為などは実在のものとはいっさい関係ありません。

二見文庫

新人《しんじん》家庭《かてい》教師《きょうし》　お母《かあ》さんが教《おし》えてあげる

著者　葉月奏太《はづきそうた》

発行所　株式会社 二見書房
東京都千代田区三崎町2-18-11
電話 03(3515)2311［営業］
03(3515)2313［編集］
振替 00170-4-2639

印刷　株式会社 堀内印刷所
製本　株式会社 村上製本所

ISBN978-4-576-16071-9
http://www.futami.co.jp/

二人の叔母

HAZUKI, Sota
葉月奏太

康介は高校時代のある晩、部屋に忍び込んできた女性に童貞を奪われた、これがきっかけで家を飛び出した。7年後、母親の葬儀で戻った実家では、母親の双子の妹で妖艶な魅力を放つ香澄と、下の妹で温厚な冬美——タイプのまったく異なる二人の叔母が、さまざまな誘惑を仕掛けてきて……。

二見文庫の既刊本

語学教室 夜のコミュニケーション

TACHIBANA,Shinji
橘 真児

突然、中国支社への異動を命じられた俊三は、半年という期限の中で、外国語学校に通い始めることに。同じクラスになったアジアの若い男性と付き合うのが目的の人妻、セクシーな美人講師、そして、個人レッスン担当の清楚な女子留学生……。彼女たちと、肉体でも「コミュニケーション」をして、上達していくのだが——。人気作家による書下し語学マスター官能!!

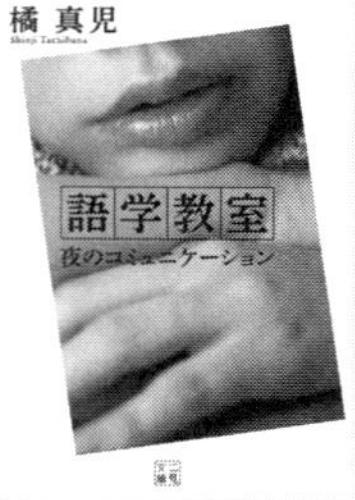